# EIFLER TREIBJAGD

Katja Kleiber steckt ihre Nase gern in fremde Angelegenheiten – und schreibt dann auch noch darüber. Sie liebt es, mit ihrem Hund in den Wäldern der Eifel zu wandern. 2020 sowie 2021 wurde sie mit einem Arbeitsstipendium der Hessischen Kulturstiftung ausgezeichnet.

KATJA KLEIBER

# EIFLER TREIBJAGD

*Kriminalroman*

emons:

**Bibliografische Information der Deutschen Nationalbibliothek**
Die Deutsche Nationalbibliothek verzeichnet diese Publikation
in der Deutschen Nationalbibliografie; detaillierte bibliografische
Daten sind im Internet über http://dnb.d-nb.de abrufbar.

© Emons Verlag GmbH
Alle Rechte vorbehalten
Umschlagmotiv: Montage: photocase.de/dioxin,
shutterstock.com/Pakhnyushchy
Umschlaggestaltung: Nina Schäfer, nach einem Konzept
von Leonardo Magrelli und Nina Schäfer
Umsetzung: Tobias Doetsch
Gestaltung Innenteil: DÜDE Satz und Grafik, Odenthal
Lektorat: Christiane Geldmacher, Textsyndikat Bremberg
Druck und Bindung: CPI – Clausen & Bosse, Leck
Printed in Germany 2023
ISBN 978-3-7408-1760-2
Originalausgabe

Unser Newsletter informiert Sie
regelmäßig über Neues von emons:
Kostenlos bestellen unter
www.emons-verlag.de

Für meine Eltern und ihre Liebe zur Eifel

# 1

Der Wolf starrte sie aus bernsteinfarbenen Augen an.

Ella hielt den Atem an. Sie hatte nicht daran geglaubt, aber jeden Moment der vergangenen Tage und Nächte darauf gehofft: eine Vision. Wie aus dem Nichts war ein Wolf aufgetaucht. Lautlos war er erschienen, als hätte er sich herangeschlichen. Oder als wäre er ihren Träumen entsprungen. Er blickte sie unverwandt an.

Was wollte er ihr sagen? Eine starke Energie baute sich zwischen dem Tier und ihr auf.

Kalte Luft zog vom See hoch. Schaudernd zog sie ihre Decke noch enger über Kopf und Schultern.

Auch der Wolf schien die Brise zu spüren. Er hob den Kopf und bewegte die Ohren ein wenig, als lauschte er.

Ein Glücksgefühl durchströmte Ella. Die Vision zeigte ihr, dass ihre Entscheidung für die schamanische Visionssuche richtig gewesen war, obwohl sie diese aus der Verzweiflung heraus getroffen hatte.

Der Kampf gegen das Unternehmen, das Windräder direkt vor ihrer Haustür platzieren wollte, hatte ihre ganze Kraft beansprucht. Tag und Nacht hatte sie am Aufbau einer Bürgerinitiative gearbeitet. Bis das Energieunternehmen auf einmal pleitegegangen war. Statt erleichtert zu sein, war Ella in einem Heulkrampf zusammengebrochen. Ihr Nervenkostüm war nach dem Burn-out vor vier Jahren angeschlagen. Ihre Freundin Marnie hatte Ella gefunden, als sie heulend im Garten hockte, Schäferhund Rocco als unermüdlicher Wächter neben ihr. Marnie hatte ihr von Drei Adler erzählt, der als Schamane in Üxheim lebte und eine Art Seminarzentrum betrieb. Drei Adler führte Ella nun durch ein Ritual der Lakota, das er bei den Indianern in den USA selbst erlernt hatte. Jetzt war ihr eine Vision erschienen. Welche Botschaft wollte der Wolf ihr überbringen?

Sie sah das Tier deutlich vor sich, es wirkte lebensecht.

Jedes einzelne Haar des struppigen Fells war zu erkennen, die Haut der Nase schimmerte dunkel.

Der Wolf war vom Kratersee hochgekommen. Ella kannte inzwischen jede Kräuselung des Wassers, jeden Winkel der Basaltsäulen am gegenüberliegenden Ufer. Sie wusste, wann der Fuchs zum Trinken an den See schlich, wann die Eule zur Jagd aufbrach. Die Tiere waren nach vier Tagen der Visionssuche zu ihren Verwandten geworden. Ella hatte sich nicht gefürchtet, weder vor den grunzenden Wildschweinen noch vor dem mächtigen Hirsch, den sie mehr geahnt als gesehen hatte.

Sie hatte viele Ängste gehabt, aber nicht vor Wölfen. Angst gehabt zu verdursten. Ihre Zunge klebte an ihrem Gaumen. Ihr Mund fühlte sich trocken und verquollen an. Die Lippen waren rissig.

Angst, dass besoffene Jugendliche aus dem Dorf ihre Einsamkeit störten, sie beleidigten, vielleicht sogar …

Sie hatte Angst gehabt, sich in den kalten Nächten eine Lungenentzündung zu holen. Ihre größte Befürchtung war gewesen, dem Wahnsinn zu verfallen. Sich von dunklen Gefühlen überwältigen zu lassen.

Doch vor einem hatte sie sich nie gefürchtet: vor wilden Tieren. Wölfe und Bären waren ausgestorben in der Eifel.

Angesichts ihrer Ängste hatte Ella sich fest eingebildet, dass das rituelle Band rund um ihren Sitzplatz sie beschützen würde. Die Stecken des Vierecks verwiesen auf die Himmelsrichtungen. Im Norden flatterte die Adlerfeder, die zu finden sie viel Mühe gekostet hatte. Außerdem baumelten an dem Band zweihundertacht Tabakopfer, die sie auf Geheiß von Drei Adler in den letzten Monaten angefertigt hatte. Jedes bestand aus einem kleinen Stück Stoff mit ein paar Krümeln Tabak. Profanem Tabak aus einer blauen Packung, auf der »Pueblo« stand, aus dem Shop an der Tankstelle. Während sie die braunen Fäden auseinandergezupft hatte, hatte sie ein Gebet gemurmelt, dann das Stück Stoff um den Tabak zusammengezogen und mit einem Faden zugeknöpft. Sie hatte den

Geruch des Tabaks gemocht, aber nicht, dass sich ihre Finger verfärbten wie die einer Kettenraucherin. Jetzt baumelten die Beutelchen, denen sie ihre Wünsche anvertraut hatte, wie ein Schutzschild um sie herum.

Der Wolf öffnete sein Maul und hechelte. Es erinnerte sie an ihren Schäferhund Rocco. Er verhielt sich genauso, wenn er nicht wusste, was er als Nächstes tun sollte. Während sie die blanken Reißzähne des Tieres betrachtete, spürte sie nicht die geringste Furcht.

Ein Wolf also sollte ihr Krafttier sein. Ein starkes Zeichen. Sie wagte nicht, sich zu bewegen, um das Trugbild nicht zu zerstören. Fasziniert musterte sie das dunkelgraue, fast schwarze Fell.

Der Wolf hob witternd seinen Kopf.

Ein trockener Knall zerriss die Stille.

Der Wolf zuckte zusammen. Jaulte auf. Knickte in den Hinterbeinen ein. Stürzte.

Blut sickerte aus seinem schwarzen Fell.

Ella sprang auf.

## 2

Ella wickelte hektisch das lange Seidentuch ab, das ihren Hals zuverlässig vor der Winterkälte geschützt hatte. Das Tuch wurde jetzt dringender gebraucht, egal, ob es sie fror.

Der Wolf strampelte mit den Läufen. Er erhob sich auf die Vorderbeine, verlor an Kraft und sackte in sich zusammen. Blut strömte aus seinem Hinterlauf. Immer mehr Blut.

Ella streckte ihre Hand aus. Als das Tier nicht reagierte, berührte sie die Flanke des Tieres.

Der Wolf schaute sie unverwandt an mit seinen bernsteinfarbenen Augen.

Ella sprach beruhigend auf das Tier ein und wickelte den Seidenschal so straff wie möglich um den Hinterlauf, um die Blutung zu stoppen. Doch der Schal war im Nu durchnässt.

Im Blick des Wolfes lag ein Flehen.

Sie breitete ihre Decke über ihm aus. Eine Weile musste er allein aushalten.

Dann stand sie auf und rannte den Weg hinunter zur Landstraße. Ihre Beine fühlten sich wacklig an vom langen Sitzen am Kratersee. Sie achtete nicht drauf. Dort vorn lag der Stein, der als Zeichen für einen Notruf diente. Wenn sie Hilfe brauchte, müsse sie den Stein mit der weiß angemalten Unterseite nach oben drehen, hatte Drei Adler ihr eingeschärft. Das mache deutlich, dass sie die Visionssuche abbrechen und abgeholt werden wolle. Sie nahm an, dass ihr Mentor gelegentlich kam und nach dem Stein schaute. Jetzt wälzte sie den schweren Brocken herum, sodass die weiße Seite oben lag.

Wie schnell konnte Drei Adler hier sein? Wann würde er ihren Notruf bemerken? Das Seminarzentrum lag etwa zehn Minuten entfernt mit dem Auto. Sie hatte aber keinen Wagen, und zu Fuß würde sie bis dorthin mindestens eine halbe Stunde brauchen, selbst wenn sie rannte. Der Wolf würde inzwischen verbluten.

Das Geräusch eines Motors hallte durch den Wald. War das Drei Adler? Selbst wenn es nur ein Ausflügler wäre, sie würde jeden anhalten und um Hilfe bitten.

Das Motorengeräusch erstarb.

Ella hastete den Waldweg weiter hinunter.

Da sah sie die Freunde kommen. Drei Adler und Herrmann schlenderten gemächlich den Weg lang.

Ella rief ihnen zu, sich zu beeilen, wartete keine Antwort ab und rannte zurück zur Lichtung am See. Schon von Weitem sah sie den grauen Pelz des Wolfes. Als sie ihn erreichte, bemerkte sie erleichtert, dass er noch atmete.

Die beiden Alten hatten ihren Schritt beschleunigt und

kamen zu ihr. Sie überblickten die Lage schnell. »Ich hol den Wagen, es gibt einen Zuweg aus der anderen Richtung.« Herrmann drehte sich um. Jetzt rannte er.

Kurz darauf rumpelte sein alter Kastenwagen heran. Ella hatte angenommen, dass dieser Ort nur zu Fuß erreichbar war. Aber Herrmann kannte jeden Feldweg der Eifel, schien es.

In einer gemeinsamen Anstrengung schoben sie das Tier auf Ellas Decke und hoben sie mitsamt dem Wolf in den Laderaum.

Der Wolf schien bewusstlos zu sein. Er bewegte sich nicht und gab keinen Laut von sich. Der Seidenschal war inzwischen von Blut durchtränkt.

Ella schob sich neben das Tier in den Laderaum des Kastenwagens. Während Herrmann und Drei Adler vorn einstiegen, suchte Ella eine Position, in der sie den schweren Kopf des Wolfes im Schoß halten konnte.

Das Tier atmete regelmäßig, öffnete aber die Augen nicht. Sie strich immer wieder über seinen Kopf.

»Wohin?«, fragte Herrmann, während er den Wagen startete und den Waldweg hinunterholperte.

Der sehnige Mann war fit wie ein Turnschuh, obwohl er mindestens sechzig Jahre alt war. Vielleicht war er auch siebzig oder achtzig, das konnte man nicht sagen.

Von Drei Adler hingegen wusste sie, dass er zweiundachtzig war, doch auch er wirkte gesund und vital. »Jeden Morgen die fünf Tibeter«, hatte er gebrummt, als sie ihm ein Kompliment zu seiner Fitness gemacht hatte. Drei Adler hatte von seinem bewegten Leben erzählt, das ihn als Model zu Shootings in Nordafrika und der Karibik geführt hatte, bevor er in der Eifel gelandet war, um das Seminarzentrum in Üxheim aufzubauen. Jetzt blickte er angespannt auf den Waldweg, über den Herrmann den Wagen steuerte.

»Tierarzt?«, fragte dieser.

»Lars Scheidt in Antweiler«, krächzte Ella. Ihre Stimme

war eingerostet, nachdem sie vier Tage mit niemandem gesprochen hatte.

Herrmann nickte nur. Sobald er den Waldweg verlassen und auf die Landstraße eingebogen war, gab er Gas. Wie ein Irrer raste er um Kurven, bremste kaum ab, als ein Trecker vor ihm aus einer Einfahrt tuckerte, sondern machte einen Schlenker um das Gefährt und beschleunigte wieder.

Drei Adler zückte sein Handy, tippte darauf herum und rief den Tierarzt an. »Verletzter Wolf, schwere Blutung.« Was der Gesprächspartner antwortete, war nicht zu verstehen.

Dann zog er eine Thermosflasche aus dem Seitenfach der Beifahrertür, schraubte sie auf und goss eine heiße Flüssigkeit in den Becher, der als Verschlusskappe diente. Er drehte sich um und reichte Ella die Tasse über die Rückenlehne des Vordersitzes.

Heißer Tee. Ella schlürfte ihn langsam. Er schmierte ihre Kehle so weit, dass sie halbwegs verständlich sagen konnte: »Woher wusstest du, dass ich einen Tee brauche?«

Der Tee war stark gesüßt. Normalerweise nahm sie keinen Zucker, aber jetzt tat der Energieschub gut.

»Wir wollten dich ohnehin abholen. Die vier Tage sind vergangen«, sagte Drei Adler.

Die beiden Alten waren also gar nicht auf ihr Hilfezeichen hin herbeigeeilt, überlegte sie. Darum waren sie so schnell da gewesen. Sie hatten den weißen Stein noch gar nicht gesehen, sondern waren gekommen, um sie abzuholen, weil die Zeit für die Visionssuche um war.

Herrmann lenkte den Kastenwagen ungebremst in eine enge Kurve. Sie stabilisierte den Körper des Wolfes, so gut es ging, damit er bei Herrmanns Tempo nicht hin- und hergeschleudert wurde. Ihr Seidenschal war inzwischen komplett durchgeblutet. Die rote Flüssigkeit sickerte heraus und verteilte sich im Fell des Tieres. Hoffentlich hielt der Wolf durch.

Und wenn nicht? Ella erschauerte. Ein schlechtes Omen,

wenn das Krafttier starb, das ihr bei der Visionssuche begegnet war.

## 3

Die Burg hob sich dunkel gegen den Abendhimmel ab. Wenn ein Kind eine Burg malen würde, würde sie aussehen wie die Kasselburg. Ein Turm, Burgmauern mit Zinnen und Schießscharten.

Ella warf einen letzten Blick in das Gehege. Der Wolf erholte sich offenbar langsam von der Betäubungsspritze, die der Tierarzt gesetzt hatte, um ihn zu behandeln. Seine Augen waren halb geöffnet, die Läufe zuckten.

Arbeiter brachten Lkw-Planen am Zaun an, fixierten sie mit Kabelbindern.

»Der Wolf soll sich nicht an den Anblick von Menschen gewöhnen«, sagte Nadine. »Wenn er durchkommt, wildern wir ihn wieder aus.« Die Eule auf ihrer Hand mit dem dicken Falknerhandschuh schien zu ihren Worten zu nicken.

Ella war froh, die Falknerin der Kasselburg zu kennen. Von ihr hatte sie vor einigen Wochen die Adlerfedern bekommen, die sie für die Visionssuche benötigte. Jetzt hatte es sie nur einen Telefonanruf gekostet, um einen Pflegeplatz für den Wolf zu finden. »Wir sind dir sehr dankbar, dass ihr ihn aufnehmt.« Ella setzte zu einer Dankesrede an, doch Nadine winkte ab. »Wir halten dieses Gehege frei, falls es mal Stress zwischen unseren Wölfen gibt oder einer verletzt ist.« Die blonde junge Frau lächelte. »Einen Wolf aus freier Wildbahn hatten wir noch nie hier. Unsere Timberwölfe stammen aus Zoos.«

Das Rudel der Kasselburg war beeindruckend. Fast schwarzes Fell, helle Augen, elegante Bewegungen – Ella hätte die Tiere stundenlang beobachten können.

»Komm doch mal vorbei und schau, wie es deinem Wolf geht«, meinte Nadine. Sie verabschiedete sich und ging zu der Hütte mit den Käfigen der Greifvögel. Die Eule auf ihrer Hand wandte ihren Kopf und starrte Ella und Drei Adler aus runden Augen an, als wollte sie sich von den beiden verabschieden.

Drei Adler griff in seine Hosentasche und holte etwas Kleines, Zylinderförmiges hervor. »Das ist die Kugel.« Drei Adler hielt sie zwischen Daumen und Zeigefinger. »Hat der Arzt rausoperiert.«

Ella griff danach und rollte sie zwischen ihren Fingern. Sie war überraschend schwer. Sie stellte sich vor, wie sie ins Gewebe eindrang, es zerfetzte. Welch Schaden ein so kleines Objekt anrichten konnte. »Kommt der Wolf durch?«

Drei Adler blickte sie an. Er folgte nicht nur den Lehren der Lakota, sondern sah selbst aus wie ein Indianer aus einem Kinderbuch, das war ihr schon bei ihrer ersten Begegnung aufgefallen. Scharfe Züge, klare Augen, die Lippen schwungvoll und entschlossen. Dabei war Dietrich, wie er mit bürgerlichem Namen hieß, erst im mittleren Alter den Lakota und ihren Lehren begegnet. Nach seiner Modelkarriere hatte er eine neue Orientierung gesucht und war bei einem Trip durch die USA wegen eines Motorschadens in einem Reservat hängen geblieben. Die Reparatur dauerte, er freundete sich mit den Indianern an, blieb länger als gedacht. Ihre Philosophie und Weisheit faszinierten ihn. So sehr, dass er bei einem Lakota-Schamanen in die Lehre gegangen war.

»Wir müssen abwarten. Es steht Spitz auf Knopf, sagt der Arzt. Der Blutverlust war erheblich.«

Ella starrte auf ihre Füße.

»Er hat gute Medizin, würden die Lakota sagen. Medizin im Sinne von guter Energie.«

Ella nahm sich vor, ihren Wolf auf jeden Fall zu besuchen, auch wenn er sie nicht sehen durfte. Auf geheimnisvolle Weise war eine Verbindung zwischen ihr und dem Wildtier entstanden.

»Wir haben ein Problem«, sagte Drei Adler und krauste die Stirn. »Das Ritual wurde nicht korrekt beendet.«

»Der Wolf ist mir als Vision erschienen.« Ella war es egal, dass es letztlich ein echtes Tier gewesen war. Es hatte sich angefühlt wie eine Vision. Der Wolf wollte ihr etwas sagen, sie musste nur noch herausfinden, was.

»Ich stimme dir zu, aber der Abschluss in der Schwitzhütte fehlt.«

Ella wusste, was er meinte. Bevor sie sich für das Ritual entschieden hatte, war Drei Adler jeden einzelnen Schritt mit ihr durchgegangen. Er hatte sicher sein wollen, dass sie den Prozess verstand und sich bewusst dafür entschied. In der Schwitzhütte sollte sie ihre Tabakopfer im Feuer verbrennen und die Erfahrungen der Visionssuche sacken lassen, um einen neuen Abschnitt ihres Lebens zu beginnen. In dem das Krafttier Wolf sie unerschütterlich begleiten würde.

Die Tabakbeutel – sie hatte sie am Kratersee zurückgelassen. Gleich morgen würde sie hingehen und die rituellen Beutel holen. Dann wäre sie bereit für die Schwitzhütte.

## 4

Ella schnaufte, als sie den Berg hinauf zu ihrem Visionsplatz ging. Die vier Tage ohne Essen und Trinken hatten sie körperlich geschwächt. Doch ihre Seele fühlte sich leicht und beschwingt an. Auch ohne das Ritual in der Schwitzhütte spürte sie, dass alles Alte von ihr abgefallen war.

Der Kratersee lag unter einem Nebelschleier. Ella hatte sich schlaugemacht: Der See war künstlicher Natur, obwohl er wirkte, als wäre er seit Urzeiten ein Teil der Landschaft. Er war entstanden, als der Abbau des Basalts am Hoffelder Burgkopf aufgegeben worden war. Regen- und Grundwasser hatten den Kessel des Steinbruchs gefüllt. Noch bis in die achtziger Jahre hatten die Männer aus Hoffeld hier mit harter Arbeit ihren Lebensunterhalt verdient. Die Basaltsäulen waren vom Berg gesprengt und in handliche Teile zerkleinert worden bis hin zu Schotter, den die Loren vom Berg ins Tal brachten. Eine solche historische Lore stand heute noch unter einer Linde in der Mitte des Dorfes Hoffeld.

Diese Wunder der Natur als Schotter zu nutzen, kam Ella falsch vor. Sie hatte tagelang auf die Säulenformation am Kraterrand gestarrt und beobachtet, wie Sonne und Schatten darüberwanderten. Jetzt kamen selbst die Steine ihr wie Verwandte vor. Überhaupt hatte sie während der Zeit am Visionsplatz – waren es vier Stunden oder vier Tage gewesen? – Liebe empfunden für alle Wesen um sich herum, von der kleinsten Ameise bis hin zur riesigen Buche mit ihren mächtigen Ästen.

Immerhin hatte der Schotter aus Hoffeld bis heute überdauert: Der Damm, der die Insel Sylt mit dem Festland verband, bestand aus dem Vulkangestein aus der Eifel und trotzte seit Jahrzehnten Nordseewellen.

Ella trat aus dem Wald und blickte auf den Kratersee, der im Morgenlicht grau schimmerte. Natürlich wurde auch dieses Gewässer von den Menschen genutzt. Es gab einen Angelsteg und eine Hütte, doch diese waren hinter einer Biegung verdeckt. Der See wirkte wie ein Stück ursprünglicher, unberührter Natur.

Sie näherte sich ihrem Meditationsplatz und sah die bunten Stoffbeutelchen mit dem Tabak im Wind baumeln. Doch befand sich etwas neben der Leine mit den Tabakopfern. Ein Sack? Ein längliches dunkles Bündel?

Sie fiel in Laufschritt. War das ein Mensch? Ein Betrunkener? Ein schlafender Wanderer? Sie lief noch schneller.

Der Mann lag auf der Seite, die Beine angezogen.

Sie beugte sich hinunter und berührte mit dem Handrücken seine Wange.

Er röchelte.

Ella zuckte zurück. Ihr wurde bewusst, dass sie die Kälte toter Haut erwartet hatte. Die Wange des Mannes fühlte sich zwar kühl an, aber darunter pulsierte noch Leben.

»Können Sie mich hören?«

Die Kleidung wies den Mann als Jäger oder Förster aus. Er trug eine Lodenjacke, eine schlammfarbene Hose und dunkelgrüne Gummistiefel. Sie musterte ihn genauer. Das Gesicht des Mannes war von tiefen Falten durchzogen. Unter einer kakifarbenen Wollmütze schauten einige dünne weiße Haare hervor.

Ellas Blick wanderte tiefer. Da sah sie es: Die Lodenjacke hatte einen dunklen Fleck. Einen großen dunklen Fleck in Höhe des Herzens. Wie konnte er sich hier verletzt haben? Ihre Gedanken rasten.

Der Mann brauchte einen Arzt, aber … Blut aus einer Wunde in der Brust? Hatte er Selbstmord begehen wollen? Eine Waffe war nirgends zu sehen. Und wie sollte der Notarzt diesen Ort finden? Sie war sich nicht sicher, ob sie es schaffte, den Anfahrtsweg verständlich zu beschreiben.

Eine Welle der Hilflosigkeit überflutete Ella. Sie zückte ihr Handy, scrollte hektisch nach der Nummer von Peter Claes und senkte den Finger auf den Anrufbutton. Claes war Polizist, er würde wissen, was zu tun wäre.

Es tutete. Während sie darauf wartete, dass er endlich abnahm, schweifte ihr Blick rüber zu ihrem Sitzplatz. Die Tabakbeutelchen schaukelten im Wind. Sollte sie den Visionsplatz abräumen, bevor Polizei und Notarzt kamen? Sie konnte nicht riskieren, dass die Beutelchen beschlagnahmt wurden, denn sie mussten als Opfer im Feuer der Schwitzhütte verbrennen.

Die Experten von der Spurensicherung würden ausrasten, wenn sie merkten, dass der Tatort – es war doch ein Tatort? – verändert worden war. Der Mann blutete aus einer Wunde, die er sich nicht selbst zugefügt haben konnte.

Ella beschloss, ihre Sachen mitzunehmen, aber der Polizei diesmal die Wahrheit zu sagen. Sie hatte schon einmal die Kriminalpolizei angelogen. Na ja, nicht richtig angelogen, sie hatte nur nicht die ganze Wahrheit gesagt. Das hatte schlimme Folgen gehabt.

Claes meldete sich mit einem brummigen »Hallo«. Sicherlich sah er an ihrer Nummer, wer anrief. Sie kannten sich von damals, als sie gemeinsam im Hohen Venn einen Mann gerettet hatten. Trotzdem nannte Ella ihren Namen. Dann stieß sie hervor: »Verletzter Jäger. Starke Blutung. Eine Wunde in Höhe des Herzens.«

Claes fragte sachlich: »Wo sind Sie?«

»Hoffelder Burgkopf.«

»Beruhigen Sie sich, Frau Dorn.«

Ihr wurde bewusst, wie aufgeregt sie war. Zwang sich, ruhig zu antworten. Sie begann zu erklären, wie man an den Kratersee kam.

Claes unterbrach sie: »Kenn ich. Ich schicke einen Notarzt und komme vorbei. Warten Sie!« Die Verbindung brach ab.

Ella hockte sich neben den Verletzten. Hoffentlich hielt er durch. Sanft streichelte sie seine Wange. »Ganz ruhig, gleich kommt Hilfe.«

Der Mann röchelte wieder. Öffnete den Mund. Schien ein Wort formen zu wollen.

Ella beugte sich zu ihm hinunter.

Er hauchte: »Justice!« Dann klappten seine Augen nach hinten.

5

Tanja traute ihren Ohren nicht. Was murmelte Ella Dorn da?

»Dann hat er ›Justice‹ gesagt«, wiederholte die Frau, die

ihr in den vergangenen Jahren schon genug Ärger bereitet hatte. Ella Dorn war ihr tatsächlich ein Dorn im Auge. Doch man konnte sich die Verdächtigen nicht aussuchen, rief sich Tanja zur Ordnung. Sie hakte nach: »›Justice‹ wie englisch für ›Gerechtigkeit‹?«

»Ja, genau.« Ella Dorn hauchte die Worte mehr, als dass sie sie sprach. Hatte der Anblick des verletzten Jägers sie derartig verstört? Die Frau hatte ein angegriffenes Nervenkostüm, soweit sie sich an die Fallakten von dem vergifteten Politiker erinnerte. Damals war Ella Dorn die Hauptverdächtige gewesen und hatte alles getan, die Ermittlungen zu erschweren. Tanja unterdrückte einen Seufzer. Jetzt geheimnisste die Frau etwas in diesen Jagdunfall hinein. Tanja holte tief Luft: »Sind Sie sicher?«

»Er sprach sehr leise.« Die Frau schaute zur Seite.

Tanja blickte auf die Kopie des Personalausweises, den der Mann bei sich getragen hatte.

John Taylor, zweiundachtzig Jahre, geboren in Aachen. Derzeitiger Wohnsitz Hoffeld. John Taylor, das klang allerdings englisch. Ella Dorn würde wohl ein Wort in einer Fremdsprache erkennen. In einem früheren Leben hatte sie bei so einer Frankfurter Consultantfirma einen Haufen Geld verdient und war in der Welt herumgejettet. In solchen Unternehmen sprach man mehr Englisch als Deutsch. »Momentan können wir Herrn Taylor nicht verhören, bitte erinnern Sie sich daher genau, was passiert ist. Hat er sonst noch was gesagt?«

»Er lebt?«

Ellas Augen blitzten hoffnungsfroh auf.

Tanja hätte die Frau am liebsten verhaftet, aber sie war sich sicher, dass Ella nicht für den Schuss auf den Jäger verantwortlich war. Abgesehen davon, dass Ella Dorn keine Jägerin war, keinen Waffenschein besaß und keine Schusswaffe auf ihren Namen eingetragen war, hatte sie ein Alibi. Ein absurdes Alibi, aber immerhin. Ella Dorn hatte die Nacht, in der der Jäger verunfallt war, an der Seite eines Wolfs im Tierpark Kasselburg verbracht. Dafür gab es Zeugen, nämlich mehrere Mitarbeiter des Wolfsparks und dessen Leiterin. Wenn Ella Dorn auch als Täterin nicht in Frage kam, war es seltsam, dass sie ihr nicht nur in dem Fall des vergifteten Politikers über den Weg gelaufen, sondern auch mit dem Schamanen befreundet gewesen war, den man in diesem keltischen Heiligtum erstochen hatte.

Ella Dorn hatte eindeutig zu viel Kontakt mit Menschen, die das Zeitliche segneten. Zog sie den Tod an? Oder, in diesem Fall, eine schwere Verletzung? Die Frau praktizierte seltsame Rituale, rührte Heilsalben und hantierte mit einer Wünschelrute. Nicht zuletzt deshalb hatte sie den Ruf einer »Eifelhexe«.

Tanja riss sich zusammen. Ihre persönliche Haltung gegenüber Ella Dorn durfte ihr nicht in die Quere kommen, sie musste professionell bleiben. Außerdem war die Frau vielleicht nervig mit ihrer Neugierde und dem Esoterikfimmel, andererseits war sie intelligent und gebildet. Hier ging es um mehr als einen Routinefall, sie würde sich nicht ablenken lassen, denn Kripochef Brettschneider hatte ihr die Leitung anvertraut. Ihr erster eigener Fall!

Justice – Gerechtigkeit. Das Leben war nicht immer gerecht. Sie selbst machte die Karriere, die sich die Eltern für den Sohn ersehnt hatten. Der war nach einem Minenunfall in Afghanistan behindert und schob langweiligen Verwaltungsdienst. War das fair? Wieder schalt sich Tanja, dass sie sich zu schnell in Gedanken verlor. Jetzt ging es darum, diesen Fall restlos und möglichst schnell zu klären. »Justice« – das konnte alles Mögliche bedeuten, falls Ella Dorn sich nicht verhört hatte. Sie bemerkte, dass die Frau sie immer noch anblickte in Erwartung einer Antwort. Ob der Mann lebe, hatte sie gefragt, oder? »Ja, Taylor lebt, allerdings haben die Ärzte ihn in ein künstliches Koma versetzt.« So viel konnte sie verraten, das würde sich ohnehin rumsprechen und behinderte ihre Ermittlungen nicht.

»Wird er überleben?«

Tanja zuckte die Schultern. »Daher ist Ihre Aussage so wichtig, denn Taylor kann derzeit keine Auskunft zu dem Vorfall geben.« Der vermutlich ein Jagdunfall war, nahm Tanja an. Falls sich der Mann nicht selbst angeschossen hatte. Das war allerdings unwahrscheinlich bei der Lage der Wunde. Sie würde die Forensikerin fragen, ob eine Selbstverletzung in Frage käme. Aber wenn sie sich das Durchschnittsalter der hiesigen Jägerschaft ins Gedächtnis rief, war ein Jagdunfall wahrscheinlich. Wenn nur nicht Ella Dorn alles verkomplizieren würde mit dem, was sie angeblich gehört hatte.

# 6

»Du hättest getroffen werden können!« Herrmann zog die Augenbrauen zusammen. »Herrje! Ich hab von Anfang an gesagt, das ist zu gefährlich. Wie kann man alleine nachts im Wald hocken? Und das im Februar!«

»Das haben wir schon diskutiert. Du hast dich trotzdem bereit erklärt, der Pfeifenhüter zu sein.« Sie nieste. In der Nacht war ihre Nase zugeschwollen, sodass sie sich unruhig herumgewälzt hatte, obwohl sie froh war, nach der Visionssuche und der Nacht in der Kasselburg wieder in ihrem eigenen Bett zu liegen.

Rocco schob seine Nase unter ihre Hand, damit sie ihn streichelte. Der Schäferhund hatte die vergangenen Tage bei Herrmann verbracht, jetzt wich er Ella nicht von der Seite. Sicher hatte er Angst, dass sie ihn wieder zurückließ.

»Die Kugel hat dich knapp verfehlt. Vielleicht war sie für dich bestimmt? Wen hast du verärgert?«

Ella wurde es heiß. Hatte sie Feinde? Wollte sie jemand erschießen? Dann rief sie sich zur Ordnung. Sie hatte einen Kampf gegen die Windräder in ihrem Ort geführt, aber mit friedlichen Mitteln. Das Energieunternehmen war Konkurs gegangen. Nein, sie hatte keine Feinde, die ihr im Wald auflauerten, um auf sie zu schießen.

Herrmann polterte weiter: »Ein Meter weiter nach links und die Kugel hätte dich erwischt. Schau hier.« Er klopfte auf die Zeitung, die auf seinem Küchentisch lag. »Wird er aus dem Koma erwachen? Jagdunfall: 92-Jähriger schwer verletzt« lautete die Schlagzeile.

»Als Pfeifenhüter müsstest du mich unterstützen«, beharrte Ella. Sie schniefte und suchte in ihrer Hosentasche nach einem Taschentuch.

Trotz seiner Vorbehalte gegen die Nächte im Wald hatte Herrmann ihr zugesichert, als Pfeifenhüter bei dem indianischen Ritual zur Seite zu stehen. Drei Adler hatte ihm erklärt, dass es um mentalen Beistand ging. Was für Ella mindestens so wichtig war: Er hatte auf Rocco aufgepasst.

Gemäß der Tradition der Lakota sollte die Visionssuchende dem Pfeifenhüter ein wertvolles Geschenk machen. Wertvoll nicht unbedingt in materieller Hinsicht, sondern eher in der Weise, dass das Geschenk für sie selbst einen Wert darstellte.

Sie hatte einen selbst geflochtenen Weidenkorb mit Pflegeprodukten aus ihrer Hexenküche gefüllt. Ringelblumensalbe für kleinere Verletzungen oder schrundige Hände und eine Auswahl ihrer selbst gesiedeten Seifen, die nach Kräutern dufteten. Außerdem hatte sie lange nach einem seltenen Harz gesucht und speziell für Herrmann eine Salbe gegen seine Schmerzen in den Gelenken gerührt.

Der Imker blickte durchs Fenster in den Garten, wo in langen Reihen die Kisten mit seinen Bienenvölkern standen. Jetzt im Februar rührte sich nichts. Die Bienen hingen in einer Schwarmtraube. »Gruppenkuscheln, um sich warm zu halten«, hatte Herrmann erklärt. Die Temperatur im Inneren der Bienentraube liege stets bei vierunddreißig Grad plus, auch wenn draußen zwanzig Grad Minus herrschten. Wenn Herrmann von seinen Bienen erzählte, war Ella fasziniert.

Herrmann seufzte und riss sich von dem Anblick los. »Ich hatte Sorge um dich«, brummte Herrmann. »So lange ohne Essen und Trinken, sehr gefährlich.«

Ella wunderte sich selbst. Es hieß doch immer, der Mensch könne nicht länger als drei Tage auf Wasser verzichten, sonst würde er sterben. Schiffbrüchige tranken sogar ihren Urin, um sich mit Flüssigkeit zu versorgen, hatte sie gehört. Doch sie hatte es überlebt, vier Tage nichts zu trinken. Die Zeit war verschwommen, bald hatte sie nicht mehr unterscheiden können, wie lang sie am Rand des Kraters saß. Sonnenaufgang und Sonnenuntergang lösten sich ab. Manchmal fror sie bitter, manchmal schienen Stunden zu vergehen, in denen sie vor sich hin träumte, ohne ihren Körper wahrzunehmen. Und manchmal hatte sie fasziniert auf die winterlichen Überreste eines Spinnennetzes gestarrt. Ob sie eine Minute oder zehn oder hundert in die Betrachtung des kleinen Kunstwerks versunken war, konnte sie im Nachhinein nicht mehr sagen.

»Ich habe keine Nacht ruhig geschlafen. Musste immer an dich denken«, beharrte Herrmann. Er warf ihr einen Seitenblick zu.

Es war einzig und allein ihr starker Wille gewesen, der sie durch die Visionssuche geführt hatte, war sich Ella sicher. Und die Energie, die Herrmann ihr gesandt hatte, wenn er an sie dachte.

Laut Drei Adler hatte in all den Jahren, in denen er das Ritual leitete, nur ein einziger Mensch die Visionssuche vorzeitig abgebrochen. Ein Manager, der sich nicht von seinem Handy hatte trennen können. Er hatte sein Smartphone mit an den Visionsplatz genommen und bereits am zweiten Abend gebeten, abgeholt zu werden.

Ella hatte auf ihr Handy verzichtet, wie es das Ritual verlangte. Die Lakota hatten es schließlich seit eh und je durchgeführt, lange bevor Handys überhaupt erfunden waren. Noch dazu in einer weit unwirtlicheren Natur als hier in der Eifel. Drei Adler hatte von der hitzedurchglühten Felslandschaft erzählt, in der er selbst seine Vision gesucht hatte. Auf dem Weg zu seinem Sitzplatz auf der Meseta hatte er nicht nur eine, sondern gleich drei Adlerfedern gefunden, worauf ihm die Lakota seinen Ehrennamen verliehen hatten.

Ella hatte bisher nicht gewusst, dass sie die Stärke besaß, vier Tage ohne Essen und Trinken an einem Platz in der freien Natur auszuharren. Sie, die bei jeder Kleinigkeit in Melancholie versank. Vor einigen Monaten hatte ein Besuch in der Kölner Innenstadt sie an den Rand eines Nervenzusammenbruchs gebracht. Obwohl sie in Frankfurt aufgewachsen war und dort jahrelang gearbeitet hatte, konnte sie die Großstadt nicht mehr ertragen. Sie brauchte die Ruhe der Eifel, um zu überleben.

Eine Ruhe, die gestört war. Sie musste sich um den Wolf kümmern. Und herausfinden, wer ihn angeschossen hatte, obwohl er unter Schutz stand. Wilderei also. Wilderei einer geschützten Art.

»Ich war froh, als die vier Tage um waren und Drei Adler anrief, damit wir dich abholen«, unterbrach Herrmanns tiefe Stimme ihre Gedanken.

»Er sagte nichts davon, dass ich den Stein umgedreht und um Hilfe gerufen hatte?«

Herrmann schüttelte den Kopf.

Das erklärte, warum die beiden so schnell gekommen waren. Unmittelbar nachdem sie den Stein mit der weißen Unterseite nach oben gedreht hatte, hatte sie den Motor des Wagens gehört. »Gut, dass ihr sofort da wart.«

»Es wäre schneller gegangen, wenn nicht dieser Jeep uns entgegengekommen wäre. Da, wo der Weg so eng ist. Wir haben gewartet, bis er unten war, damit wir durchkonnten.«

Ella schnappte nach Luft. »Da war ein Auto?«

Herrmann drehte sein Teeglas zwischen den Fingern. Er blickte sie an. »Der kam von oben runter, gerade als wir von der Landstraße in den Waldweg einbiegen wollten. Dann fuhren wir hoch, ich parkte an der Schranke, wie immer. Als wir gesehen haben, dass du den Stein umgedreht hattest, kamst du uns schon entgegen.«

Ella erinnerte sich an den Anblick der beiden Alten, die gemütlich den Berg hochgeschlendert waren. Sie hatten ihr Hilfesignal gar nicht gesehen und waren entsprechend entspannt gewesen.

»Hast du das Nummernschild erkannt?«

Herrmann verneinte.

»Ich habe nicht drauf geachtet. Ich machte mir Sorgen, wie es dir ging. Hatte Angst, du wärst erfroren.«

»Was für ein Wagen war das?«

Sie fragte ohne große Hoffnung. Ein Modell sah doch heute aus wie das andere. Sie konnte die jedenfalls nicht auseinanderhalten. Und weder Herrmann noch Drei Adler schienen Autofetischisten zu sein.

Doch Herrmann antwortete, ohne zu zaudern: »Ein Jeep. Dunkelgrün oder schwarz oder so. Eine dunkle Farbe jedenfalls.«

»Bestimmt der Jäger, der auf meinen Wolf geschossen hat! Die jagdgeile Sau!«

Sie wunderte sich selbst über ihren Ausbruch. Hatte die Visionssuche ihren Charakter verändert?

# 7

Mutter war einfach immer da gewesen. Mit ihrer Ordnungsliebe, ihrem Genörgel und dem Kuchen am Sonntag.

Jetzt war sie nicht mehr da.

Tanja starrte auf den Sarg, den die Träger ins Grab hinabgelassen hatten. Grab. Sarg. Wie das klang. Kurz und hart. Endgültig.

Der Pastor redete.

Sie nahm nichts davon auf. Ein Hintergrundrauschen. Sie zog ihren Schal höher, leicht übers Kinn. Nicht nur wegen des kühlen Vormittags, sie fröstelte von innen.

Frank neben ihr schwankte leicht. Sie fasste die Hand des Bruders fester. Schielte zu ihrem Vater.

Der war grau im Gesicht. Trug einen Hut, der Schatten fiel auf die Augen. Sie erinnerte sich an die silberne Hochzeit vor einigen Jahren, als er ihr jugendlich und stolz erschienen war. Nun hatte die Liebe seines Lebens ihn verlassen.

»Asche zu Asche, Staub zu Staub.« Die Stimme des Pfarrers klang fest, berufsmäßig engagiert und doch unbeteiligt.

Jetzt drückte er Paps ein Schäufelchen in die Hand.

Vater zögerte, dann schippte er ein wenig Erde ins Grab, warf eine Rose hinterher, drehte sich weg.

Tanja wollte ihn umarmen, doch jetzt reichte jemand ihr die Schaufel.

*Klong, klong.* Erde fiel auf den Sarg. Es klang hohl.

Ihr wurde schlecht. Sie schluckte.

Sie wandte sich um zu ihrem Vater. »Paps.« Ihre Stimme brach. Was sollte sie sagen? Worte konnten nicht helfen. Stumm legte sie die Arme um ihn.

Er reagierte nicht.

Sie hakte ihn unter, ging ein paar Schritte, führte ihn weg vom Grab und der Trauergemeinschaft. Es waren Freundinnen der Mutter gekommen. Einige kannte sie, andere hatte sie nur auf Fotos von den Busreisen der Frauen gesehen. Ihr wurde klar, dass sie wenig über das Leben ihrer Eltern wusste. Sie hatte ihren Berufswunsch gegen alle Kritik verteidigt, war ausgezogen und zur Polizeiakademie gegangen. Danach hatten sie nur sporadisch Kontakt gehabt. Egal, was Tanja machte, Mutter war es nicht gut genug. »So findest du nie einen Mann«, hatte sie die beruflichen Fortschritte kommentiert. Womit sie recht haben könnte, dachte Tanja. Welcher Typ wollte eine Frau, die am Schießstand immer ins Schwarze traf? Und die nie zu Hause war, weil die Arbeit an erster Stelle kam?

Der Pfarrer sprach über den Halt, den der Glauben bieten könnte.

Eigentlich kam jetzt der Moment, in dem die anderen den Angehörigen ihr Beileid aussprechen sollten. Ob Vater das aushielt?

Schon ergriff ein Onkel, den sie zuletzt bei der Silberhochzeit der Eltern gesehen hatte, ihre Hand. Eine Reihe mehr oder weniger bekannter Menschen kam auf sie zu, murmelte »Beileid« und einige aufmunternde Worte.

Frank wandte sich ihr zu. »Zumindest ist es schnell gegangen.«

Tanja nickte unsicher. Der Herzinfarkt hätte vielleicht verhindert werden können, wenn Mutter die Anzeichen der Erkrankung nicht ignoriert hätte. Sie war sich nie wichtig genug gewesen für einen Arztbesuch. Hatte den Mann umsorgt, den Sohn – und sicher auch Tanja, wenn diese es zugelassen hätte.

»Sie hat immerhin nicht gelitten.« Die Stimme des Bruders war rau.

Frank hatte wenig von seinem Einsatz in Afghanistan erzählt, aber das wenige reichte aus, um ihr Albträume zu bescheren. Seither fragte sie nicht mehr. Wollte nicht wissen, wie seine Kameraden gestorben waren. Wie das mit seinem Bein passiert war.

»Lass uns in das Restaurant fahren.«

Sie nickte. Das gemeinsame Essen war der nächste zu erledigende Punkt. Wie bei einer Einsatzbesprechung sah sie die einzelnen Aufgaben vor sich, die abzuhaken waren. Kam sich kalt vor. Dabei vermisste sie Mutter jetzt schon.

Sie schob Vater zur Beifahrertür ihres Wagens, ging herum und stieg ein.

Frank würde mit seinem E-Auto folgen, das er angeschafft hatte, weil er es trotz seines steifen Beins fahren konnte.

Ob die Sorge um Franks Gesundheit Mutters Herz geschwächt hatte? Frank war immer der Liebling der Mutter gewesen, dachte Tanja. Sie selbst konnte sich anstrengen, wie sie wollte, Mutter kommentierte jede Beförderung mit den Worten »Das ist kein Beruf für eine junge Frau«.

Die Chance, ihr zu zeigen, dass die Polizeilaufbahn der richtige Weg für sie war, war für immer vergangen.

Paps hatte zu den Diskussionen geschwiegen, wie er auch jetzt schwieg.

Wie er wohl ohne die Mutter zurechtkommen würde? Würde er rasch abbauen, in ein Heim müssen? Oder würde er in der Garage vor sich hin werkeln, wie er es immer getan hatte, die Hausarbeit integrieren als eine andere Art des Werkelns, sich von seinen geliebten Bratkartoffeln ernähren? Es war niemand mehr da, der auf Abwechslung im Speiseplan drängte.

Scheu sah sie ihn von der Seite an.

Er starrte auf die Straße. War es nicht gewöhnt, Gefühle zu zeigen.

Tanja gab übertrieben viel Gas, als sie den Parkplatz des Friedhofs verließ.

8

Ein angeschossener Jäger, ein angeschossener Wolf – war das ein Unterschied? Ein Menschenleben stand über einem Tierleben, mahnte sich Ella. Sie starrte auf das Display ihres Handys, auf dem sie die Nummer der Polizeiinspektion Adenau herausgesucht hatte.

Sie sah nicht die Nummer, sondern das graubraune Fell des Wolfs. Seine hellen Augen, die ihr so aufmerksam gefolgt waren. Es war Unrecht, auf das Tier zu schießen, selbst wenn es ein Versehen gewesen war. Sie überwand ihren Widerwillen, mit fremden Menschen zu sprechen, gab sich einen Ruck und tippte die Nummer ein.

Rocco, der ein feines Gespür für ihre Stimmungen hatte, kam zu ihr, ließ sich mit einem schweren Plumps nieder und legte seinen Kopf auf ihre Füße.

Die Wärme des Hundes gab ihr Sicherheit.

Sie drückte auf den Anrufbutton.

»Polizeiinspektion Adenau, Becker am Apparat.«

Ella stellte sich vor und sagte: »Ich möchte einen Fall von Wilderei melden.« Sie hatte sich im Internet schlaugemacht und wusste, dass es ein Straftatbestand war, selbst wenn ein Wilderer ein Tier nur anschoss und es nicht tötete. Hinzu kam, dass Wölfe unter Artenschutz standen.

»Worum handelt es sich? Sind Sie Jägerin?« Der Mann klang müde.

»Nein, ich …«

»Werden Sie bedroht? Sind die Wilderer noch vor Ort?«

»Nein, ich habe einen verletzten Wolf gefunden. Und zwar …«

»Einen Wolf? Sind Sie sicher? Wahrscheinlich haben Sie einen streunenden Hund gesehen.«

Ella hörte Schluckgeräusche, es schien ihr, dass der Beamte etwas trank.

»Hören Sie, es handelt sich eindeutig um einen Wolf, wie Ihnen die Experten der Pflegestelle in der Kasselburg bestätigen können. Dort ist das Tier jetzt untergebracht, Sie können sich jederzeit davon überzeugen. Ich möchte eine Anzeige wegen Wilderei und Verstoßes gegen das Bundesnaturschutzgesetz stellen.«

»Bitte nutzen Sie unsere Onlinewache unter www–«

Ella drückte den Beenden-Button. Sie war stolz auf sich, dass sie nicht ausgerastet war. Da lief ein schießwütiger Typ herum, schoss auf eine streng geschützte Tierart – was ihm bis zu drei Jahre Gefängnis einbringen konnte –, und die Polizei zeigte nicht den geringsten Einsatz. Die Herren in Grün konnten offenbar tun und lassen, was sie wollten. Halt, mahnte sie sich. Es war nicht ausgemacht, dass ein Jäger auf den Wolf geschossen hatte. Doch die Wahrscheinlichkeit war hoch, wer lief sonst bewaffnet im Wald herum?

Sie unterdrückte ihre Wut, öffnete das Onlineportal der Polizei Rheinland-Pfalz und füllte das Formular aus, das dort aufpoppte. Vor Jahren hatte sie in Frankfurt schon einmal gemeldet, dass ihr Fahrrad gestohlen worden war, dafür hatte sie ebenfalls eine Onlineanzeige gestellt. Mit dem Ergebnis, dass ihr Monate später ein Brief ins Haus geflattert kam mit der Bescheinigung »Verfahren eingestellt«. Ob bei einer Anzeige wegen Wilderei mehr zu erwarten war? Verbissen füllte sie die Felder aus, fügte neben ihren eigenen Beobachtungen noch an, dass kurz nach dem Fund des verletzten Tieres ein dunkler Jeep auf dem Waldweg gesehen worden war, ließ aber Herrmanns Namen weg. Wenn die Beamten Genaueres wissen wollten, würden sie sich bei Ella melden. Der Imker sollte unbehelligt bleiben.

Mehr konnte sie nicht tun. Oder doch? Wenn man etwas erledigt haben wollte, musste man es selbst tun. Das war ihr schon vor langer Zeit klar geworden. Wenn sie wissen wollte, wer den Wolf verletzt hatte, müsste sie selbst nachforschen.

Rocco sprang auf und lief ein paar Schritte zur Tür, dann blickte er über seine Schulter zu ihr zurück. Das war seine Art zu sagen, es sei Zeit für einen Spaziergang.

Ella schniefte. Die Erkältung, die sie sich in der Nacht in der Kasselburg geholt hatte, war seit gestern ein wenig besser geworden, hielt aber an. Draußen war es nasskalt und diesig, doch sie konnte Roccos Blick nicht widerstehen.

Als sie gerade in den Mantel geschlüpft war, klingelte ihr Handy. »Peter Claes Polizei« zeigte das Display. War er so schnell über ihre Anzeige informiert worden? Würde er sich als Erster Kriminalhauptkommissar persönlich um die Wilderei kümmern?

Doch es ging um den verletzten Jäger. Natürlich, schalt sich Ella, der war wichtiger. Claes lud sie zu einem Ortstermin am Hoffelder Kratersee. Eine formelle Angelegenheit, beruhigte er sie. Man wolle noch mal den Auffindeort begutachten, sie als Zeugin müsse noch einige Fragen beantworten.


## 9


Tanja dachte an Paps, als sie die Treppe hoch zum Labor des Trassologen ging.

Ob er gerade Brötchen vom Bäcker holte, wie jeden Morgen in den letzten dreißig Jahren? Oder lohnte sich das für ihn allein nicht? Sie nahm sich vor, bald bei ihm vorbeizufahren.

Franz Reiter schaute von seinem Mikroskop auf, als sie reinkam. Er blickte verwirrt, dann griff er zu einer Brille und setzte sie auf.

»Frau Marx, was führt Sie in meine heiligen Hallen?«

Er grinste schief. Hinter den dicken Gläsern wirkten seine Augen winzig.

Tanja erklärte, dass sie wegen des Projektils komme, das sie gestern eingereicht habe. Zum Glück habe sie im Krankenhaus rechtzeitig Bescheid sagen können, dass das Geschoss nach der OP aufbewahrt werden müsse.

»Gestern?« Er wandte sich seinem Rechner zu und tippte auf der Tastatur herum. »Genau, Indiz 203-15, John Taylor.«

»Was können Sie mir dazu sagen?«

»Gemach, gemach, junge Dame.« Wieder tippte er auf die Tastatur ein.

Tanja rollte mit den Augen.

Der junge Kollege von Franz Reiter feixte.

Als er Tanjas drohenden Blick auffing, tauchte er hinter seinen Bildschirm ab.

Sie wusste, dass sie als ungeduldig bekannt war. Aber schließlich ging es um ihren ersten eigenen Mordfall, da schadete es nicht, sich persönlich hinter die kleinste Aufgabe zu klemmen.

»Und?«

»Gleich hab ich's«, murmelte Reiter. Er lehnte sich vor.

Anscheinend erkannte er die Schrift auf dem Monitor nicht. Der Mann brauchte eindeutig eine neue Brille. Ob es überhaupt Sehhilfen gab mit noch dickeren Gläsern?

»Das Projektil hat Kaliber 6,5 x 55, es stammt aus einem Repetiergewehr. Typisch für einen Jäger, wenn er auf Schwarzwild oder Reh geht.«

Das passte zu ihrer Theorie eines Jagdunfalls. Taylor hatte Jagdkleidung getragen, war Pächter des Reviers Hoffeld und besaß seinen Jagdschein seit zehn Jahren. Jetzt musste sie nur noch den senilen Grünrock finden, der Taylor mit einem Wildschwein verwechselt hatte. Allerdings lag der Geschädigte im Koma und konnte keine Auskunft über seine Jagdpartie geben. Sie würde die Untere Jagdbehörde kontaktieren, die hatte eine Liste der Jagdpächter.

»Können Sie mir noch was zu dem Projektil sagen?«

»Teilmantelgeschoss, aufgepilzt, wie nicht anders zu erwarten.«

Sie wollte sich schon bedanken und gehen, als sich Franz Reiter aufrichtete, blinzelte und fragte: »War der Arzt noch jung?«

»Wieso?« Verständnislos blickte sie den Trassologen an.

»Es mangelt ihm offenbar an Erfahrung. Er hat ziemliche Mühe gehabt, das Projektil zu erwischen. Unter dem Mikroskop sehen wir mehrere ausgeprägte Spuren eines Zangenzugriffs auf dem Geschoss. Diese überlagern etwaige ballistische Hinweise.«

Was für ein Trottel von Arzt. Sie würde noch persönlich mit ihm reden, um zu erfahren, wann Taylor vernehmungsfähig sein würde. Falls er überlebte.

»Das Geschoss ist beschädigt?«

»Er muss mehrfach versucht haben, es zu greifen. Als er es

erwischte, hat er mit der Zange fest zugedrückt, damit es ihm nicht wieder erwischt. Die Spuren der Zange … Sie können es sich denken.«

Tanja hatte genug gehört. Damit sich ein Geschoss auf seiner Flugbahn nicht überschlug, waren im Gewehrlauf Nuten eingesetzt, die dem Geschoss einen Drall verlieh. Dadurch drehte sich das Geschoss um sich selbst und traf zielsicher. Die Nuten im Gewehrlauf hinterließen Rillen und Kratzspuren auf dem Geschoss und waren typisch für jede individuelle Waffe. Sie hätte anhand dieser Spuren das Geschoss einer bestimmten Büchse zuordnen können. Wenn diese Spuren nicht durch den Zugriff der Arztzange zerstört gewesen wären.

Sie bedankte sich bei dem Trassologen, der mit einem Brummen antwortete.

Er legte seine Brille zur Seite und beugte sich wieder über das Mikroskop.

In Gedanken verloren verließ Tanja das Labor. Wenn sie den Schützen fand, aus dessen Lauf dieses Projektil abgefeuert war, würde es dessen Zustand schwer machen, ihm den Schuss nachzuweisen. Tanja würde ihm stattdessen zu einem Geständnis bewegen. Aber dazu musste sie ihn erst mal finden.

## 10

Der Mann verschränkte die Arme und lehnte sich zurück. Der Ärmel seines Jacketts rutschte dabei zurück und entblößte eine Uhr, deren großes Ziffernblatt mit Edelsteinen besetzt war. Sicher teurer als Peters Jahresgehalt. Nur das lila-gelbe Veilchen am rechten Auge störte das seriöse Bild.

Peter wusste bereits jetzt, dass der Vorgeladene ihm nichts sagen würde. Hilfesuchend blickte er zu Becker.

Der betrachtete angelegentlich den üppigen Schaum auf seinem Kaffee. Den Latte hatte er bestimmt vom Kiosk nebenan geholt, denn der Automat auf dem Revier gab so eine Köstlichkeit nicht her.

»Jonas Gruber.« Er räusperte sich, setzte noch einmal an. »Herr Gruber, Sie waren am Freitagabend vergangener Woche bei uns in Adenau. Was haben Sie hier getan?«

»Ich habe ein Eis gegessen.« Der Mann blickte ihn fest an. Er war lang aufgeschossen, dabei eher schmächtig. Ein ebenmäßiges Gesicht. Nur diese Frisur. Ein messerscharfer Seitenscheitel.

Peter schmerzte seine Kopfhaut beim Hingucken. Was für ein Lackaffe. Er rief sich zur Ordnung. Vorurteile waren nicht hilfreich, wenn er diese Angelegenheit klären wollte. Peter konzentrierte sich wieder auf den Mann. Er hatte das Eis in der Eisdiele im Zentrum Adenaus geholt, berichtete der gerade. Die lag wenige Meter neben dem Ort der Schlägerei, rief sich Peter ins Gedächtnis. »Und dann? Was haben Sie dann gemacht?«

»Meine Freunde getroffen.« Er nannte drei Namen: Plück, Graff und Eckmann.

Peter blickte in die Akte. Die Namen der drei waren erfasst worden, die Übrigen waren nach der Prügelei weggerannt. Wohlweislich beschränkte sich Gruber jetzt auf diese drei.

Von den Rockern hatten sie keinen einzigen erwischt, aber die Nachbarn hatten von Männern in Motorradklamotten mit Symbolen auf dem Rücken gesprochen. In dem Durcheinander hatte niemand mitbekommen, was auf den Kutten stand, die Aussagen darüber gingen auseinander. Von Totenschädeln und Flammen war die Rede, manche Zeugen sprachen allerdings auch vom Logo einer Rockband, das sie zu erkennen glaubten. Die Zeugenaussagen wichen stark voneinander ab, ebenso wie die Anschuldigungen der Anwohner, die sich in der Nacht nur deshalb bei der Polizei gemeldet hatten, weil die Prügelei ihre Nachtruhe gestört hatte.

»Wer war noch dabei?«

»Ich kann mich nicht erinnern.«

Und ob der sich erinnern konnte. Peter trat einen Schritt auf ihn zu.

»Und woher stammt Ihr blaues Auge?«

Da klopfte es, die Tür ging auf. Eine Frau, die Peter nur zu gut kannte, schob den Kopf hinein.

»Claes, komm mal raus.«

Tanja Marx klang wie ein Feldwebel, das kannte Peter schon. Was wollte die Beamtin der Mordkommission aus Koblenz von ihm?

Er nickte Becker zu. »Ich komme gleich wieder.«

Vor der Tür begrüßte ihn die Marx herzlich, jedenfalls für ihre Verhältnisse. Ihr blonder Pferdeschwanz wippte eifrig. »Eine ungeklärte Schussverletzung. Vermutlich ein Jagdunglück, aber da muss man noch mal genauer hinschauen. Ich leite die Ermittlungen im Fall ›Treibjagd‹.« Sie blickte ihn stolz an. »Claes, machst du mit?«

»Die Geschichte am Hoffelder Burgkopf?«

Sie nickte.

»Ich bin dabei.«

»Okay!« Sie hieb ihm kräftiger als notwendig auf die Schulter. »Morgen ist Ortstermin. Ella Dorn zeigt uns die Auffindesituation.«

Er nickte.

»Sind das die Typen von der Wolfsschanze?« Sie wies mit einem Kopfnicken zum Verhörraum.

»Yup.«

Sie verzog ihre Nase.

Die Nazis hatten ihren Treffpunkt unweit von Adenau hochtrabend »Wolfsschanze« genannt. Einer von ihnen hatte den Hof der Eltern übernommen, die unrentable Landwirtschaft aufgegeben und das Gebäude gründlich renoviert. Er hatte eine Jugendbildungsstätte gegründet, vermietete seine Räume für Workshops und erhielt staatliche Zuschüsse. Auffallend war nur, dass die Titel der Lehrgänge ziemlich häufig

Worte wie »Heimat« und »Volk« enthielten, wie Peter dem Programm auf der Webseite entnommen hatte.

»Aus denen kriegst du nichts raus«, prophezeite Tanja. »Wir sehen uns morgen.«

Sie verabschiedeten sich.

Die Marx hatte ihm nur gesagt, was er selbst wusste. Dieser arrogante Fatzke war eine harte Nuss. Aber er würde nicht aufgeben.

Er kehrte in den Vernehmungsraum zurück und fand zu seinem Erstaunen Kollege Becker in angeregtem Gespräch mit dem jungen Nazi.

»Letztes Jahr bei der Kirmes in Rodder …«, sagte er gerade.

Peter blickte von einem zum anderen.

Becker zog die Schultern hoch und wandte seinen Blick ab, nippte an seinem Latte.

Von dem Kollegen war keine große Hilfe zu erwarten. Peter nahm die Befragung wieder auf.

»Also, das blaue Auge, woher stammt das?«

»Bin gegen den Schrank gelaufen.« Der Mann mit dem Seitenscheitel sah ihn unverfroren an.

»Und eure Wolfsschanze ist eine Jugendherberge. Dass ich nicht lache.«

»Es ist eine staatlich anerkannte Jugendbildungsstätte.«

Becker hustete hinter vorgehaltener Hand.

Es klang, als würde der Kollege einen Lacher unterdrücken. Den würde er sich nachher vornehmen.

»Zurück zu dem Freitagabend in Adenau. Uns liegen Zeugenaussagen vor, dass Sie und Ihre Freunde sich mit einer Gruppe Motorradfahrer auseinandergesetzt haben.«

»Das war eine Diskussion unter Kameraden.«

»Und davon das blaue Auge.«

Der Mann holte Luft: »Das war ein Haushaltsunfall.«

»Ja, ich weiß, der Schrank.« Peter grinste ironisch. »Und die anderen?« Er blickte auf die Unterlagen, um die Namen abzulesen. »Norbert Plück, Ihnen vielleicht bekannt als Nobbi, hatte schwere Kratzer an den Armen und ein Hämatom im Gesicht. Alfred ›Ali‹ Graff, ebenfalls Gesichtsverletzungen. Sind die auch vor einen Schrank gelaufen?«

»Wir halten uns fit, ich glaube, meine Bekannten hatten in letzter Zeit einige Sportverletzungen. Gerne will ich Sie bei Ihrer Arbeit unterstützen. Wir sind an dem Freitagabend in Adenau einer Gruppe Motorradfahrer begegnet. Die suchten Streit. Aber wir lassen uns nicht provozieren. Wir sind uns unserer Vorbildfunktion für die deutsche Jugend bewusst.« Gruber strich sich über seine Hitlerjungenfrisur. »Nehmen Sie doch mal die Rocker unter die Lupe. Einen von denen habe ich erkannt.«

»Ja?«

»Sie nannten ihn Heavy.«

Peter zuckte zusammen. Das bestätigte seine schlimmsten Befürchtungen.


# 11

»Genau hier?«, fragte die Beamtin. Sie trug eine dicke Jacke und eine Wollmütze, aus der der Pferdeschwanz hinten herausragte.

Ella bestätigte es. Genau da hatte sie den verletzten Jäger gefunden. Sie erinnerte sich an den Schock, als sie den Körper dort liegen sah. Ihre erste Angst, sie hätte einen Toten gefunden.

Die Marx schaute sie forschend an, verzichtete aber auf die Nachfrage, die ihr offenbar auf der Zunge lag. Die Frau hatte sich verändert seit letztem Jahr. Hageres Gesicht, verkniffene Mundwinkel. Nur der blonde Pferdeschwanz wippte eifrig wie eh und je.

Ella hätte gern darauf verzichtet, Kriminalhauptkommissarin Tanja Marx wiederzusehen. Im Herbst hatte die Polizistin sie in die Mangel genommen, als ein Bekannter von ihr erstochen worden war. Wenn die Frau einen anderen Beruf gehabt hätte, hätte sie sie vielleicht sympathisch gefunden. Ohne Zweifel war Tanja Marx clever und tough. Doch leider saßen sie sich immer wie Gegnerinnen gegenüber. Jetzt stellte die Beamtin schon wieder bohrende Fragen, als gäbe sie Ella die Schuld an dem Unfall des Jägers.

»In welcher Haltung?«

Ella wies auf den Boden, zeigte, wo der Kopf des Jägers gelegen hatte, wo die Beine.

»Haben Sie einen Schuss gehört?«

Ella verneinte. Der arme Mann musste schon eine Weile dort gelegen haben, als sie ihn entdeckte. Ein Schuss war doch nicht zu überhören?

Tanja Marx wandte sich ihrem Kollegen Claes zu. »Hier ist alles zertrampelt. Die Spusi hat keine verwertbaren Hinweise gefunden.«

»Wir mussten den Mann retten, das geht nun mal nicht, ohne hier herumzulaufen.« Es klang giftiger, als Ella beabsichtigt hatte.

»Frau Dorn, Sie haben alles richtig gemacht«, warf Peter Claes ein. »Wenn Sie den Mann nicht gefunden hätten, wäre er verblutet.«

Ella warf ihm einen dankbaren Blick zu. Ohne Claes wäre die Kommissarin noch weniger zu ertragen. Ein Windstoß ließ sie schaudern. Sie zog ihre Jacke enger zusammen. Vermisste ihren Schal. Es nieselte und war kühl. Aus den Erfahrungen der letzten Jahre wusste sie, dass das Frühjahr in der Eifel auf sich warten ließ. Sie blickte auf den Kratersee, an dem sie so viele Stunden verbracht hatte.

»Außerdem hat eine Herde Wildschweine alles durchwühlt, sagt die Spusi.« Tanja Marx zeigte auf eine Stelle, wo der Waldboden umgepflügt war.

»Vielleicht die Rotte, die die Jäger im Visier hatten. Dann hat er in seinem Eifer den Mann mit einer Sau verwechselt«, meinte Peter Claes. Auch er fröstelte trotz seines langen Mantels.

»Das wissen wir noch nicht«, fuhr Tanja ihn an. »Keine voreiligen Schlüsse!«

Claes verkroch sich tiefer in seinen Mantel. Er musste sicherlich einiges über sich ergehen lassen. Ella überlegte, dass Tanjas herrisches Auftreten vielleicht auf Unsicherheit zurückzuführen war, die sie kompensieren wollte. Sie erschien recht jung für ihre berufliche Stellung.

»Wir müssen für alle Möglichkeiten offenbleiben!« Tanja Marx' Pferdeschwanz wippte erregt. »Hast du die Grundsätze der Ausbildung vergessen?«

Claes kniff die Lippen zusammen.

Die Aggression, die von der Kommissarin ausging, erschreckte Ella. Dieser Ort war so friedlich gewesen, als sie hier auf ihre Vision gewartet hatte. Jetzt schien er kaum wiederzuerkennen. Der stille Kratersee wirkte unheimlich, der Wald undurchdringlich. Und hier hatte sie allein gesessen, Tag und Nacht? Es kam ihr bereits jetzt unwirklich vor. Ihr Blick glitt weiter über die Bäume, die sich oberhalb der Basaltsäulen an den Fels klammerten.

War da nicht was? Ein Schatten? Etwas bewegte sich zwischen den Bäumen.

Die Marx zückte ein Tablet und wischte darauf herum. Dann wies sie zu einer großen Buche, die in einiger Ferne neben dem Feldweg wuchs. »Hier muss der Schütze gestanden haben. Der Winkel, die Entfernung, die der Experte ermittelt hat – das würde einigermaßen hinkommen. Zweihundert Meter, sagt der Bericht.«

Claes zog ein kleines Gerät aus den Tiefen seiner Manteltasche.

»Das können wir prüfen.«

Er hockte sich dorthin, wo Ella den Jäger gefunden hatte, und peilte mit dem Gerät den allein stehenden Baum an. Ein roter Lichtpunkt tanzte auf der Rinde.

Claes blickte auf das Display. »Zweihunderteins.«

»Bisschen mehr als zweihundert Meter, und der trifft seinen Jagdkumpel.« Tanja tippte sich an die Stirn. »Dümmer geht's nimmer.«

Ella beobachtete die Bäume, die den Kraterrand säumten. Da bewegte sich jemand. Außerdem hatte sie das Gefühl, beobachtet zu werden. Ihre Nackenhaare richteten sich auf. Merkten die anderen denn nichts?

Aber die Beamten waren zu dem Baum hinübergegangen, wo der Schütze offenbar gestanden hatte. Sie starrten auf den Boden, als würde der ihnen Auskunft geben können.

»Frau Dorn, kommen Sie mal her!«

Jetzt sah sie es deutlich. Ein Wolf stand am anderen Ufer des Sees unter den Bäumen und schaute zu ihr herüber. Sie spürte seinen intensiven Blick. Ein weiterer Wolf? Vielleicht ein Gefährte, der die verletzte Wölfin suchte?

Die beiden Beamten blickten ungeduldig zu ihr herüber. Nahmen sie das Tier nicht wahr? Vielleicht war es kein echter Wolf, sondern eine Vision? Ella war sich ihrer Sinne nicht mehr sicher. Die Tage und Nächte hier in der Einsamkeit am See hatten etwas in ihr verändert. Die Realität hatte sich um einige Dimensionen erweitert.

Sie beschloss, die anderen nicht darauf aufmerksam zu machen, und schloss sich ihnen an. Fühlte sich weiter beobachtet, aber nicht bedroht.

»Und Sie sind ganz sicher?«, fragte Tanja Marx.

»Was?« Ella hatte ihre Worte nicht mitbekommen.

»Dass der Jäger Ihnen was sagen wollte.«

»Er sagte: ›Justice‹.«

»Wie englisch für ›Gerechtigkeit‹?«

»Ja.«

»Er stammt aus England, das hat die Personenstandsüberprüfung ergeben. Kann ja sein, dass er in seinem Zustand in seine Muttersprache zurückgefallen ist.«

»Schade nur, dass wir ihn nicht befragen können.«

»Er lebt doch noch?«, fragte Ella. Sie hatte versäumt, sich nach ihm zu erkundigen.

»Er liegt im Koma.«

## 12

Tanja entzifferte mit Mühe die Handschrift auf dem gelben Klebezettel. »Brettschneider will dich sehen«.

Die Assistentin des Chefs hinterließ solche Nachrichten, wenn sie jemanden nicht an seinem Schreibtisch antraf. Sie hoffte wohl, das machte mehr Eindruck als eine Mail. Wenn es dem Empfänger gelang, die Schrift zu lesen, stimmte das wohl.

Tanja straffte ihren Körper. Wollte der Kripochef ihre ersten Ergebnisse höchstpersönlich erfahren?

Sie griff sich die Akte »John Taylor« und ging zum Büro von »Tünnes«, wie der Chef hinter vorgehaltener Hand genannt wurde. Erst nach einigen Monaten im Job hatte Tanja kapiert, dass dies die rheinische Form von Brettschneiders Vornamen »Anton« war.

Der gewichtige Mann thronte hinter seinem Schreibtisch. Als Tanja hereinkam, wuchtete er seinen Körper hoch und kam ihr entgegen.

»Setzen wir uns doch hierhin.« Er wies auf die Freischwinger, die sich um einen kleinen Tisch gruppierten.

Die Sitzecke kannte sie von ihrem Vorstellungsgespräch. Es war ungewöhnlich, dass jemand ins Chefbüro gerufen wurde. Meistens tauchte Tünnes unvermittelt bei seinen Leuten auf und schaute ihnen über die Schulter.

Tanja durchfuhr ein Schauer. Wollte er sie befördern? Dazu war sie noch nicht lange genug bei der Mordkommission. Gerade erst hatte sie ihren eigenen Fall übernommen.

Brettschneider schaute sie ernst an. »Wie fühlen Sie sich in Ihrer Abteilung?«

»Alles gut. Die Aufgaben sind ...« Sie überlegte hektisch. »... herausfordernd. Die Arbeit macht mir Spaß.«

Sagte man das so? Durfte der Job Spaß machen, wenn es um Todesfälle ging? Aber es stimmte. Jeden Morgen stand sie auf mit der Gewissheit, etwas Sinnvolles zu tun, Dinge in Ordnung zu bringen, die aus den Fugen geraten waren. Außerdem liebte sie die Rätsel, die die Fälle mit sich brachten.

»Wie ist die Stimmung im Team?«

Tanja zuckte die Schultern. Darüber hatte sie noch nie nachgedacht. Becker war zufrieden, solange er an einem Kaffee saugen konnte. Der übergewichtige Claes schaute den Frauen nach, aber sie schätzte seine Kenntnisse der Eifel und ihrer Menschen. Die Übrigen ... sollten halt ihre Arbeit machen, bisher hatte sich noch keiner beklagt. Bei ihr jedenfalls nicht. Hatte sich etwa jemand bei Brettschneider ausgeheult?

»Polizeiarbeit, vor allem in unserer Kommission, erfordert Einfühlungsvermögen und Empathie. Wir sind auf unser Team angewiesen. Wie Sie wissen, kann es bei unseren Einsätzen zu gefährlichen Situationen kommen. Da müssen wir zusammenstehen. Das klappt nur, wenn sich das Team instinktiv aufeinander verlassen kann.«

Tanja nickte zustimmend. Das war eine der Lehren gewesen, die an der Polizeiakademie immer wiederholt worden waren. Kam ihr Brettschneider jetzt mit Basics? Gleichzeitig schwante ihr, dass dieses Gespräch alles andere als eine Auszeichnung war.

»Kollegin Marx, ich schätze Ihre Intelligenz und Energie sehr. Sie zeigen mit dem Fall ›Taylor‹ erneut, dass Sie bereit sind, Verantwortung zu übernehmen. Das ist auch eine Chance, einen eigenen Führungsstil zu entwickeln. Führung im Sinne von Coaching und Anleiten auf Augenhöhe.«

Tanja schrumpfte mit jedem Wort weiter in sich zusammen. Dann beschloss sie, den Stier bei den Hörnern zu packen, richtete sich auf und fragte: »Liegt eine Beschwerde gegen mich vor?«

Brettschneider runzelte die Stirn.

»Nein. So weit sollte es auch nicht kommen. Sie stehen noch am Anfang. Am Anfang einer hoffentlich langen Karriere. Sie bauen sich jetzt einen Ruf auf – was für ein Ruf soll das sein, Ihrer Meinung nach?«

Das artete in Therapie aus. Ihr Hirn rotierte. Wie wollte sie von den anderen gesehen werden?

»Als durchsetzungsstark, selbstsicher … als eine kompetente Beamtin.«

»Sie sind eine der wenigen Frauen in meiner Abteilung und auf dieser Gehaltsstufe. Wir brauchen mehr weibliche Beamte auch in den höheren Rängen. Sie werden Ihren Weg gehen, da bin ich sicher. Achten Sie auf Harmonie in Ihrem Team.«

Brettschneider erhob sich.

Tanja war verwirrt. Sie hatte immer angenommen, das Gender-Gedöns, das Brettschneider bei offiziellen Terminen von sich gab, sei vorgeschoben. Dem Image geschuldet. Und was wollte er ihr eigentlich sagen?

Sie verabschiedete sich und ging zurück zum Besprechungsraum, während Tünnes' Worte in ihrem Inneren nachhallten. Sie trainierte hart, sie verbesserte monatlich ihre Trefferrate am Schießstand, und sie wurde zunehmend selbstsicherer bei öffentlichen Auftritten. Aber wie im Himmel sorgte man für Harmonie im Team?

## 13

Peter hielt sich an seinem Feierabendbier fest. Er schielte zum Tresen hinüber. Einige späte Gäste hockten wie festgetackert auf ihren Barhockern. Gertrud zapfte unermüdlich.

Sie fing seinen Blick auf und zwinkerte ihm zu.

Er wurde rot, das spürte er an der Hitze auf seinen Wangen. Noch immer war er begeistert, dass er bei diesem Prachtweib hatte landen können. Nachdem der Irrtum beseitigt war, dass Gertrud auf Frauen stand, hatten sie endlich zueinandergefunden. Die Wirtin des Bikercafés »Fahrtwind« hatte schallend gelacht, als er ihr gestanden hatte, dass er sie für eine Lesbe gehalten habe. »Nur, weil ich Schlagzeug spiele!«

Jetzt verbrachte Peter immer häufiger seine Abende in dem Bikertreff und wartete. Leider waren ihre Arbeitszeiten sehr unterschiedlich.

Eine Hand zog den Stuhl neben ihm zurück. Ein riesiger Mann in Lederklamotten setzte sich zu ihm.

»Gregor!« Peter war nicht begeistert, Gertruds Bruder zu treffen. Sie hatten sich bisher nur aus der Ferne beäugt. Er musterte die Weste des Mannes. Links auf der Brust prangte das Emblem eines Totenkopfes, der von Rosen umrankt war. »Lost Souls« stand darunter. Auf der anderen Seite waren mehrere Aufnäher: ganz oben ein schlichter Namenszug »Heavy«, darunter »Sergeant at Arms«.

Peters Englisch reichte aus, um zu verstehen, dass »at Arms« »bewaffnet« bedeutete. Er würde sich bei den Kollegen der Sondereinheit organisierte Kriminalität beim BKA schlaumachen. Die beobachteten die Rockerszene. Hätte er schon längst machen können, vielleicht konnten die ihm erklären, wieso sich Rocker neuerdings mit Neonazis prügelten. Wenn die beiden Gruppierungen nicht involviert gewesen wären, hätte er die Schlägerei bereits zu den Akten gelegt.

Gregor bemerkte seinen neugierigen Blick. »Kannst mich Heavy nennen«, brummte er. »Wenn du jetzt quasi zur Familie gehörst.« Er verzog den Mund, als hätte er Zahnschmerzen. Dann winkte er seiner Schwester hinter der Theke zu.

»Du und Gerdi, glaubst du, das funktioniert wirklich?«

Natürlich, dachte Peter. Wir sind füreinander geschaffen. Laut sagte er: »Was geht dich das an?«

»Das ist meine Schwester.«

»Sie hat ihr eigenes Leben.«

Heavy drehte sich Richtung Tresen und machte Zeichen, dass er ein Bier wolle.

Die junge tätowierte Bedienung brachte das Getränk. Als sie sah, dass Peters Glas halb leer war, fragte sie: »Noch eins?«

Peter nickte ergeben. Morgen würde er weniger trinken.

Die Frau half Gertrud in den Sommermonaten aus. Peter schämte sich, dass er sie für die Geliebte von Gertrud gehalten hatte. Nur weil die beiden sich mal umarmt hatten. Da war wohl die Eifersucht mit ihm durchgegangen.

»Und, mal wieder geprügelt?«

Heavy wandte sich ihm zu und starrte ihn an. »Wie kommst du darauf?«

»Neulich in Adenau. Ihr wurdet gesehen. Es gab eine kleine, äh, Auseinandersetzung mit diesen Typen von der Wolfsschanze. Das Auto eines Anwohners wurde schwer beschädigt.«

Peter sah die Fotos vor sich. Die Motorhaube zerbeult, ein Scheinwerfer und ein Außenspiegel zersplittert. Bei der Marke war die Reparatur eine teure Angelegenheit. Die Versicherung benötigte ein Ermittlungsprotokoll der Polizei.

»Kann sein, dass wir in Adenau waren. Sind viel unterwegs. Dafür sind die Motorräder ja da. Du fährst doch auch Mopped.«

Der Typ wollte ablenken. Sonst wäre er nicht auf Peters Triumph zu sprechen gekommen. »Ich prügel mich aber nicht. Woher hast du die Schramme an deiner Hand?«

Unwillkürlich legte Heavy die Hand in seinen Schoß, sodass man die Wunde nicht mehr sah, die sich quer über die Tattoos der stilisierten Skelettknochen zog.

»Der Schraubenzieher ist mir ausgerutscht.«

»Das glaube ich nicht.« Er blickte Heavy herausfordernd in die Augen. Schwäche zu zeigen wäre falsch.

»Schnüffelst du hinter mir her?«

»Ich mache meinen Job. Aber ich habe auch ein Privatleben. Das sind zwei verschiedene Dinge. Ich kann morgens ermitteln und abends ein Bier mit dir trinken. Solange du dich an die Gesetze hältst, ist mir egal, dass du zu einer Rockergang gehörst.«

»Wir sind keine Gang, sondern ein Motorradclub.« Er zog die Brauen zusammen.

»Wie auch immer. Gertrud und ich sind jetzt ein Paar, gewöhn dich dran.«

Er sprang auf und beugte sich drohend vor. »Wir brauchen keinen Cop in der Familie!«

Gertrud trat an ihren Tisch, hüstelte und legte ihrem Bruder eine Hand auf die Schulter. Sie musste sich recken, denn er war um einiges größer als sie. »Wer in meiner Kneipe Ärger macht, fliegt raus! Ein Hausverbot ist ganz schnell ausgesprochen!«

Heavy sank auf die Bank zurück.

Seine Schwester küsste Peter schmatzend auf den Mund.

Der Rocker machte Geräusche, die sich nach Würgelauten anhörten.

Peter nahm sich vor, ihn aufs Revier vorzuladen. Vielleicht war er dort gesprächiger. Jetzt legte er seinen Arm um Gertruds ausladende Hüfte und drückte sie herzlich.

»Endlich Feierabend, mein Schatz.«


## 14

Beim Bäcker duftete es verführerisch nach frischen Brötchen.

Ella räusperte sich. Setzte an, um zu sprechen, zögerte. Selbst Rocco hatte heute noch kein Wort von ihr gehört. Sie war schweigend mit ihm spazieren gegangen. »Tag«, brachte sie heraus.

Bärbel überschüttete sie strahlend mit einem Wortschwall. Ella wäre am liebsten wieder nach Hause gefahren und ins Bett gekrochen. Wie konnte jemand ungefragt so viel über sich, seine Wehwehchen und seine Weltsicht erzählen? Und das am frühen Morgen?

Dann erinnerte sie sich an ihr früheres Leben als Unternehmensberaterin. Ohne Probleme hatte sie bereits beim ersten Termin des Arbeitstags einen Vortrag gehalten, Grafiken erklärt, Führungskräfte vom Sinn einer strategischen Entscheidung überzeugt. Aber das war was anderes, sagte sie sich. Das war ihr Job gewesen. Sie hatte keinen wirklichen Kontakt zu den anderen Menschen gehabt. Der Austausch hatte sich auf abstrakte Dinge beschränkt. Noch einmal räusperte sie sich, dann antwortete sie Bärbel mit ein paar belanglosen Floskeln.

Sie wies auf ein Brot, dessen dunkle rissige Kruste sie ansprach.

»Soll ich es dir aufschneiden?« Bärbel zeigte auf die Maschine.

Ella nickte.

»Schon gehört? Es soll ein Wolf gesichtet worden sein, in Hoffeld. Nicht, dass die jetzt hier bei uns auftauchen. Und du wohnst doch ganz alleine dahinten im Wald.«

Ella murmelte etwas Unverständliches. Sie hatte das Haus wegen seiner abgelegenen Lage gekauft.

Bärbel startete die Schneidemaschine, die mit einem ratternden Geräusch loslief. Dann steckte sie das geschnittene Brot in einen Plastikbeutel und gab ihm einen Schubs, sodass er sich selbst zudrehte. Sie fummelte ein Stückchen Klebeband ab und verschloss die Tüte. »Darf's sonst noch was sein?«

Ella kaufte noch zwei Hefeschnecken.

»Ich lasse meinen Kleinen jedenfalls nicht mehr alleine im Hof spielen.« Bärbel schaute sie mit weit aufgerissenen Augen an. »Nachher holt ihn noch der Wolf.«

»Unsinn«, entfuhr es Ella.

»Ein kleines Kind ist doch leichte Beute für die.«

»Wölfe greifen keine Menschen an, nicht ohne Not. Sie haben eine natürliche Scheu vor uns.« Ella merkte, dass sie in einen dozierenden Tonfall gerutscht war.

Bärbel wechselte das Thema. »Und dann die ganzen Asylanten. Die schieben sie zu uns in die Eifel ab, weil sie die in den Städten nicht haben wollen. Ich schließe jetzt abends meine Haustür ab, stell dir mal vor.«

Ellas Blick fiel auf das Gemeindeblättchen, das auf der Theke auslag. Das kostenlose Werbeblatt trug die Schlagzeile »Frauengruppe hilft unbegleiteten Minderjährigen – ›SOS Geflüchtete‹ sammelt Kleidung«.

»Neulich haben diese Typen an der Mitfahrbank gestanden, alles junge Männer, da bin ich schnell weitergegangen. Wer weiß, was denen einfällt. Die haben quasi noch nie eine Frau gesehen.«

»Das sind Kinder.« Sie dachte an die schwarzhaarigen Jungs, die sie neulich auf der Bank hatte sitzen sehen. Die Bank diente als Alibi-Ersatz für den öffentlichen Nahverkehr, der in der Eifel praktisch nicht existierte. Wer sich dort niederließ, wartete auf eine Mitfahrgelegenheit, allerdings vergeblich. Sie hatte noch nie beobachtet, dass ein Autofahrer anhielt und jemanden mitnahm. Die Jugendlichen hatten den Platz zu ihrem Treffpunkt auserkoren. Neulich war sie abends dort vorbeigekommen, und die Kids hatten sie keines Blickes gewürdigt.

Ella hatte keine Lust, mit Bärbel über deren wirre Ideen zu diskutieren. Die Bäckerin würde sich doch nicht von ihren Überzeugungen abbringen lassen. Sie zahlte, verabschiedete sich und ging.

Während des Studiums hatte sie nächtelang Debatten geführt. Jetzt strengte es sie bereits an, eine belanglose Unterhaltung im Laden zu führen.

Im Auto begrüßte sie Rocco. Der Schäferhund war begeistert, dass sie zurückgekehrt war, und leckte ihr übers Kinn.

Ella drehte den Kopf weg, knuddelte den Hund und verstaute den Einkauf.

Mit Tieren zu kommunizieren fiel ihr leicht. Die erwarteten keine Erklärungen, keine geheuchelten Emotionen. Rocco war immer voll bei der Sache, egal ob es ums Schnüffeln ging, um das Jagen nach einem Stock oder das Betteln um ein Leckerli. Er spürte Ellas Gefühle, legte sich zu ihr, wenn sie krank oder traurig war.

Wölfe hielten im Rudel zusammen. Ein Wolf sollte ihr Krafttier sein, das war lächerlich. Wie passte bitte ein Wolf zu ihr? Sie fühlte sich eher als Gejagte denn als Jägerin. Ella zweifelte auf einmal an dem ganzen schamanischen Ritual, mit dem sie sich in den letzten Monaten beschäftigt hatte. Es war ausgerechnet ein Tier erschienen, das in den vergangenen hundertfünfzig Jahren ausgerottet gewesen war. War das Zufall? Aber sie hatte diese starke Verbindung zu dem Tier gespürt. Einen Strom von Zärtlichkeit, Aufmerksamkeit und Zuneigung.

Rocco stupste sie an.

Ella bemerkte, dass sie minutenlang im Auto gesessen und ihren Gedanken nachgehangen hatte. Sie drehte den Zündschlüssel und parkte aus. Während sie den Wagen die Kurven zu ihrem Haus hochsteuerte, dachte sie an den Artikel in der Zeitung. »Frauen helfen Flüchtlingskindern« – vielleicht würde sie in so einer Gruppe Gleichgesinnte finden? Ihr war klar, dass ihr die Einsamkeit nicht guttat. Wenn sie häufiger mit anderen Menschen sprach, würde ihr Bärbels Vertraulichkeit nicht so auf die Nerven gehen. Es wurde Zeit, dass sie sich ein soziales Umfeld zulegte. Vielleicht würde sie Freundinnen finden in einer Gruppe von Frauen, die sich für eine gute Sache engagierte. Heiter gestimmt bog sie in den Feldweg ein, der zu ihrem Haus führte.

**15**

Peter knabberte an einem Keks. Keine Ahnung, wer die mitgebracht hatte. Mal was Neues für die Morgenrunde. Der Kaffee hingegen war dünn wie immer.

Tanja blickte alle der Reihe nach an. »Danke für euren Einsatz. Wer möchte etwas zum weiteren Vorgehen vorschlagen?«

Peter glaubte, seinen Ohren nicht zu trauen. Seit wann scherte sich die Kommissarin um die Meinung des Teams? Er beschloss, vorerst nichts zu sagen.

Misstrauisch äugte er zur Marx hinüber. Sie sah auch anders aus als sonst. Nach einer Weile erkannte er, was sich geändert hatte: Statt des gewohnten Pferdeschwanzes trug sie die Haare zu einem lockeren Dutt gebunden, eine Strähne hing ihr lässig ins Gesicht.

Becker hob die Hand wie in der Schule. Er hatte einen Kaffeebecher von der Größe einer Babybadewanne vor sich stehen, bedruckt mit dem Spruch »Mutter ist die Beste«. »Das LKA hat das Ergebnis der Ballistikprüfung geschickt.«

»Bin gespannt, ob sie das Ergebnis des Trassologen bestätigen« sagte Tanja. »Lass mal hören.«

Becker nickte und schob Dokumente hin und her, dann las er vor: »Die Kugel, die den Geschädigten traf, entspricht einem Kaliber 6,5 x 55 Millimetern. Aufgrund der mechanischen Beschädigungen durch die Manipulation des Arztes wird die Zuordnung zu einer speziellen Waffe schwierig. Ob es eine Möglichkeit der Identifikation gibt, entscheidet sich nach Bereitstellung eines geeigneten Vergleichsobjekts.«

»Ein typisches Kaliber für die Jagd«, merkte Peter an.

Alle nickten.

»Ein Jagdunfall also, wie vermutet«, fasste Tanja zusammen. »Jetzt müssen wir nur noch die Jäger überprüfen.« Sie sah nicht aus, als freute sie sich auf diese Aussicht.

»Die Kreisjägerschaft kann uns sagen, wer am Hoffelder

Burgkopf das Jagdrecht ausübt«, schlug Peter vor. »Das würde unsere Suche eingrenzen.«

»Ruf dort an, lass dir die Kontaktdaten geben und befrage den Jagdpächter.« Tanja hatte zu ihrem gewohnten Befehlston zurückgefunden.

»Wird gemacht.« Peter tippte sich an eine imaginäre Uniformmütze.

Tanja verteilte weitere Aufgaben.

Peter ahnte, dass er auch diese Woche wenig Zeit für Gertrud finden würde. Neben der Befragung des Jagdpächters stand weiterhin die Schlägerei zwischen den Rockern und den Neonazis an. Da fiel ihm ein, was er Becker hatte fragen wollen.

»Dieser Möchtegern-Hitler, der Jonas Gruber, ist das ein Bekannter von dir?«

»Schlimmer.« Becker starrte in seinen leeren Kaffeebecher. »Familie. Ein entfernter Cousin.«

»War der schon immer so?« Peter deutete mit zwei Fingern an seiner Oberlippe ein Bärtchen an.

»Weiß nicht.« Der Kollege überlegte. »Ich hab Jonas nur ein-, zweimal im Jahr bei irgendwelchen Familienfeiern gesehen.«

»Die anderen, kennst du die auch?« Peter überlegte kurz, dann fiel ihm wieder ein, wer noch in die Schlägerei mit den Rockern verwickelt war: »Norbert ›Nobbi‹ Plück, Alfred ›Ali‹ Graff, sagt dir das was?«

»Einen Ali kenn ich nicht, der Nobbi ist ein armes Schwein. Der ist im Waisenhaus aufgewachsen, und irgendwann hat ihn der Jonas unter seine Fittiche genommen. Die hängen immer mit den alten Knackern auf diesem Hof rum, den sie die Wolfsschanze nennen.«

»Vielleicht vertraut er dir. Willst du die nächste Vernehmung führen?«

Becker winkte ab. »Lass mal. Seit er an die Typen von der Wolfsschanze geraten ist, kannst du mit dem nichts mehr anfangen.«

»Die Ewiggestrigen.«

»Ja, aber wenn du mal drüber nachdenkst, so schlecht war es damals nicht. Die Autobahn, der Nürburgring … schließlich hingen keine Arbeitslosen auf der Straße rum.«

Peter verkniff sich eine Antwort. Er dachte an seinen Nachbarn, der sich von seiner Einheit weggeschlichen hatte, als diese vor den heranrückenden Amerikanern unter Druck gesetzt wurden. Fahnenflucht – darauf hatte bei der Wehrmacht die Todesstrafe gestanden. Doch der Nachbar, gerade achtzehn Jahre alt, hatte sich in einer Scheune in einem abgelegenen Eifeldorf versteckt. Später hatte er erfahren, dass alle seine Kameraden bei einem Rückzugsgefecht gefallen waren. Er hatte als Einziger seiner Einheit überlebt. Peter überlegte, ob er eine Diskussion mit Becker anfangen sollte, doch der erhob sich.

»Komm, holen wir uns einen Kaffee.«

In dem Moment sagte Tanja: »Bevor alle an ihre Aufgaben gehen, noch eine Sache: Meine Tür steht immer offen.« Sie lachte schwach. »Okay, das ist nur bildlich gemeint, wir haben ja ein Großraumbüro. Will sagen, jeder, der was von mir will, kann mich jederzeit gerne ansprechen.« Sie blickte in die Runde, als erwartete sie Beifall.

Alle murmelten Zustimmung.


## 16

Hätten die Hunde nicht gebellt, hätte Ella sie für Schafe gehalten. Sie waren genauso weiß und wollig wie die Vierbeiner, die sie beschützen sollten.

Die riesigen Hunde schnupperten neugierig an Ellas Hand. Rocco hatte sich hinter ihr versteckt und den Schwanz zwischen die Beine gezogen.

»Ab! Fott mit euch!« Die Schäferin wies mit ausgestreckter Hand in Richtung der Weide. Ihre Hunde verstanden offenbar Eifler Platt, denn sie zogen sofort ab. Sie liefen zu den Schafen, umrundeten ihre Herde und legten sich dann ins feuchte Gras, beobachteten aber weiterhin aufmerksam die Umgebung.

»Seltsam, sonst verbellen sie alle Fremden«, meinte Nicola. Imker Herrmann mit seinen vielfältigen Kontakten hatte sie einander vorgestellt. Nicola Treiber war Mitte dreißig, hatte eine praktische Kurzhaarfrisur und trug Jeans und Wachsjacke. Ihre Füße steckten in Gummistiefeln.

Keine schlechte Wahl, dachte Ella, die heute Morgen unüberlegt in ihre Wanderstiefel gestiegen war. Trotz des regelmäßigen Einreibens mit Schuhwachs drang die Feuchtigkeit langsam durch das Leder. Sie bewegte vorsichtig ihre Zehen, um sie zu erwärmen.

»Hund mögen mich«, sagte Ella.

Und nicht nur Hunde, sondern auch ihre wilden Verwandten. Nachdem sich die Herdenschutzhunde zu den Schafen zurückgezogen hatten, entspannte sich Rocco und nahm wieder den Platz an ihrer Seite ein. Als deutscher Schäferhund müsste er doch Interesse an den Schafen haben. Doch Rocco achtete nicht auf sie, er grub eifrig ein Wühlmausloch auf.

Die Schafe blökten. Es nieselte, und sie verbreiteten den penetranten Geruch nasser Wolle.

»Die Hunde haben Sie wegen des Wolfes angeschafft?«

»Im Osten, dahinten in der Lausitz, da hätt der Wolf dies Jahr schon zehn Tiere weggeholt!«, empörte sich Nicola. »Es ist eine Schande! Und der Staat lässt uns alleine.«

»Erhalten Sie keine Ausgleichszahlungen oder so was?«

»De-minimus-Beihilfen.« Sie spie das Wort aus. In ihrem Eifler Singsang klang das Behördenwort besonders befremdlich. »Darin steckt schon das Wort ›minimal‹. Kennste diese Anträge? Dat kost mich Stunden, wenn ich dat allet ausfüllen tu. Nein, hab ich mir jedacht, da besorgste dir lieber diese Hunde, da han ich auch noch ming Freude dran.«

Sie blickte auf die zottigen Tiere, die weiterhin ruhig bei der Herde lagen. Ein Lächeln überzog ihr Gesicht. Sie hob einen Eimer mit Futterpellets aus dem Kofferraum ihres heruntergekommenen Kleinwagens, den sie auf dem Feldweg neben der Weide geparkt hatte.

»Die Lausitz ist weit weg.«

»Na und? Der Wolf ist da schon vor Jahren eingewandert, jetzt kommt er auch zu uns. Ich habe Videos im Internet gesehen. Reinrassige Merinos, eine Schande ist dat!«

»Wenn der Wolf die Eifel erobert, bekommen Sie bestimmt mehr Hilfen.«

Sie schnaubte. »Das Land hat Wolfsgebiete ausgewiesen, aber so schnell, wie die Wölfe einwandern, kommen die Bürokraten nicht nach. Wir sind hier noch nicht mal ›Pufferzone‹, aber der Wolf ist schon da.«

Das konnte Ella bestätigen. Immerhin hatte sie das Tier selbst gesehen – vielleicht gab es sogar ein weiteres, wenn sie an ihre Beobachtung neulich bei der Tatortbegehung dachte.

Nicola griff mit der Hand in den Eimer und streute in weitem Wurf Futterpellets auf die Weide. Sie rief lockend. Sofort sprangen die Schafe heran. Eins drängte sich an die Schäferin und versuchte, seinen Kopf in den Eimer zu stecken. Nicola wehrte es lachend ab.

Ella räusperte sich. »Können Sie sich vorstellen, dass jemand auf die Wölfe schießt?«

Die Frau runzelte die Stirn. »Ich besitze keine Waffe, da kannste aber für.«

»Ich meine nicht Sie. Können Sie sich vorstellen, dass ein Schafhalter eine wolfsfreie Zone schaffen will?«

»Ich habe nur fünfzig Tiere, für mich ist das ein Hobby. Sie halten die Wiese kurz, ich habe meine Freude. Die Wolle ist nichts wert, und die Lämmer sind mir zu schade zum Schlachten. Aber wenn jemand davon lebt …«

Sie ließ die Worte in der Luft hängen.

Ella nickte. Eine Welt ohne Wölfe war für die Schafhalter

einfacher gewesen, das konnte sie nachvollziehen. Dabei funktionierte das Zusammenleben von Nutztieren und Wölfen in anderen Ländern auch.

Nicola unterbrach ihre Gedanken: »Es geht ja nicht nur um Schafe, glauben Sie, Hühner und Kaninchen sind sicher? Oder kleine Kinder? Die Lütten spielen hier doch auf der Straße und im Wald, dat geht dann nit mie.«

## 17

»Da ist es?«, fragte Claes.

Tanja nickte. Die Untere Jagdbehörde hatte Siegfried Schulz-Tondorf aus Hoffeld als den Pächter des Reviers am Burgkopf genannt. Auf dem Weg zu seinem Haus hatten sie bereits bei anderen Jägern der Region haltgemacht, die laut Nationalem Waffenregister eine Büchse mit Kaliber 6,5 x 55 Millimetern besaßen.

Auf dem Rücksitz lagen fünf beschlagnahmte Jagdwaffen. Unglaublich, was die Jäger horteten. Ihr war unverständlich, warum der Gesetzgeber die Zahl der Waffen für diese Personengruppe noch nicht eingeschränkt hatte. Die beiden Männer, die sie bisher besucht hatten, waren geradezu ins Schwärmen geraten, als sie ihre Waffenschränke öffneten. Von Elefantenbüchsen über ererbte Exemplare aus dem Weltkrieg bis hin zu modernen Doppellaufwaffen oder gar halb automatischen Gewehren war alles dabei. Außerdem wollten die Inhaber ihnen die Geschichte ihrer Lieblinge erzählen, was Tanja nur knapp abwürgen konnte. Hoffentlich ging es jetzt schneller. Immerhin hatten die Jäger ihr erzählt, dass Schulz-Tondorf am Sonntag zu einer Treibjagd in seinem Revier in Hoffeld geladen hatte. Bei diesem standen sie jetzt vor der Tür.

Tanja blickte auf ihre Unterlagen. »Siegfried Schulz-Tondorf, neunundachtzig Jahre. Auch nicht mehr der Jüngste.« Die beiden anderen Jäger, deren Anschrift das Waffenregister ausgespuckt hatte, hatten ebenfalls ihr achtes Lebensjahrzehnt erreicht. »Dann wollen wir mal.«

Sie stiegen aus. Als sie zur Haustür des Einfamilienhauses gingen, wies Claes auf die Einfriedung des Vorgartens. »Bruchstücke von Basaltsäulen.« Er zeigte auf unscheinbare graue Steine, die eine sechseckige Form aufwiesen. »Die stammen aus dem ehemaligen Steinbruch am Hoffelder Kopf, wo jetzt der See ist. Eine ganze Wand von Basaltsäulen wurde abgetragen.«

Tanja nickte ungeduldig. Die geologischen Feinheiten der Region interessierten sie jetzt gerade nicht. Sie blickte auf die Haustür aus massivem Holz mit eingelassenen hellbraunen Glasfenstern. Darüber stand eine mit Kreide aufgezeichnete Jahreszahl und die Buchstaben »C + M + B«. Die Heiligen Drei Könige hatten das Haus gesegnet. Bei ihr in Koblenz pappte inzwischen ein seelenloser Plastikaufkleber an der Tür, die Mühe mit der Kreide machte sich niemand mehr. Sie gab sich einen Ruck und senkte ihren Zeigefinger auf den Klingelknopf.

Sofort öffnete sich die Tür. Man hatte sie offenbar erwartet. Schließlich war der Streifenwagen alles andere als unauffällig. Der Mann, der ihnen gegenüberstand, hielt sich sehr aufrecht. Cordhose, Strickjacke, ein dünner Kranz weißer Haare. Er wirkte rüstig trotz seines fortgeschrittenen Alters. »Guten Tag. Sie wünschen?«

Tanja erklärte ihr Anliegen. Noch bevor sie den Durchsuchungsbeschluss vorzeigen konnte, den der Amtsrichter umgehend ausgestellt hatte, bat sie der Mann hinein. Er führte sie eine Treppe hinunter in einen ausgebauten Keller, der vorbildlich aufgeräumt war. Eine Wand nahm ein Weinregal ein. Daneben stand der Waffenschrank. Siegfried Schulz-Tondorf gab einen Code ein, wobei seine Finger leicht zitterten.

Er hält sich wacker, aber auch an ihm ist das Alter nicht spurlos vorbeigegangen, dachte Tanja.

In dem Schrank lagerten eine historische Flinte, zwei moderne Jagdwaffen und eine Jagdpistole.

»Welche hatten Sie bei der Treibjagd am Sonntag im Einsatz?«

Schulz-Tondorf nahm eine Waffe mit grün gummiertem Schaft heraus. »Diese. Die Steyr-Mannlicher.«

»Wann haben Sie zuletzt damit geschossen?«

Der Mann blickte auf sie herab. Trotz seines Alters überragte er sie um einige Zentimeter. »Auf der Treibjagd, wie Sie offenbar schon wissen. Am Sonntag. Zwei Sauen, ein Fuchs.« Er richtete sich noch mehr auf, wenn das denn möglich war.

»War die Waffe nach Sonntag noch in Benutzung?«

Schulz-Tondorf schüttelte den Kopf.

Gut, dann waren die Spuren des letzten Projektils im Lauf noch vorhanden. Das LKA hatte zwar deutlich gemacht, dass durch die Zange des operierenden Arztes wenige Hinweise erhalten geblieben waren, aber Tanja hoffte, dass diese ausreichten, die Schusswaffe zu identifizieren. »Die ist beschlagnahmt.« Sie griff nach der Büchse und reichte sie Claes.

»Passen Sie gut drauf auf, das ist meine beste.« Der Mann zog einen Schmollmund.

Der Altmännercharme zog bei ihr nicht. »Hatten Sie weitere Waffen dabei am Sonntag?«

Er verneinte. »Wie geht es meinem verletzten Kameraden?«, fragte er.

Seine Stimme klang brüchig und ein wenig hoffnungsvoll.

»Darüber darf ich keine Auskunft geben«, sagte sie steif.

»Er ist einer der Letzten aus meiner Schule.« Schulz-Tondorf blickte sie bittend an.

»Unverändert«, sagte sie. Eine solch vage Auskunft war wohl erlaubt. Die Ärzte hatten keine Prognosen abgegeben. Das hohe Alter des Patienten mache eine Einschätzung schwierig, hatte der Chefarzt erklärt. Mehr hatte Tanja ihm nicht abringen können.

»Dann besteht ja noch Hoffnung.« Etwas blitzte in den Augen des Greises auf.


## 18

Das große Kruzifix gab dem schlichten Raum des Gemeindesaals eine sakrale Atmosphäre. Ella schaute sich um. Es herrschte geschäftiges Treiben. Ein Dutzend Frauen sortierte Altkleider an Tischen, die entlang der Wand aufgereiht waren. Wäschekörbe mit weiteren Altkleidern standen auf dem Boden. Die Frauen schwatzten fröhlich. Ella räusperte sich, und alle Blicke wandten sich ihr zu.

»Ich suche die Gruppe ›SOS Geflüchtete‹ … Hab in der Zeitung gelesen, dass …«

Eine ältere Frau mit grauem, mittellangem Haar trat auf sie zu und streckte ihr die Hand entgegen.

»Herzlich willkommen, ich bin Mathilde. Schön, dass Sie gekommen sind. Hilfe können wir immer gebrauchen. Sie sehen ja, was los ist …«

Sie wies mit einer weit ausholenden Bewegung auf die Tische.

Die Frauen schauten Ella neugierig an, einige lächelten.

Ella hatte sofort das Gefühl, »die Neue« zu sein. Wie damals, als sie nach dem Studium im Consultingunternehmen angefangen hatte. Die Berater hatten sie taxiert, sich insgeheim gefragt, wie hoch wohl ihr Einstiegsgehalt wäre und ob sie offen wäre für eine Bettgeschichte. Denen hatte sie schnell gezeigt, dass es ihr nicht um einen Heiratskandidaten, sondern um Karriere ging. Die hatte sie auch durchgezogen, knallhart, bis zum Burn-out.

Eine Stimme drang an ihr Ohr. »Diese ganzen Kleider wurden gespendet, aber es ist vieles dabei, was unsere Schützlinge nicht brauchen. Wir betreuen meist junge Männer, was sollen wir mit BHs, Röcken und Blusen?« Mathilde hielt demonstrativ einen hautfarbenen Schlüpfer in Übergröße hoch.

Ella verkniff sich ein Grinsen. Das Ding hätte noch nicht mal ihre Oma angezogen. Anstelle einer spöttischen Bemerkung entschloss sie sich, erst mal mehr über die Aktivitäten der Gruppe in Erfahrung zu bringen. »Ich wusste gar nicht, dass jugendliche Flüchtlinge in der Eifel leben.«

»Doch, sie werden längst nicht mehr nur in den Großstädten betreut. Inzwischen gibt es einen Schlüssel, der auch den ländlichen Raum einbezieht. Es kommen junge Menschen aus dem Irak, Syrien, Eritrea, Somalia, Afghanistan ...« Sie holte Luft und fuhr fort: »Einmal im Monat organisieren wir außerdem ein interkulturelles Frauenfrühstück. Da brauchen wir immer helfende Hände, um Brote zu schmieren, Salate vorzubereiten und so was.« Sie musterte Ella, als hätte sich diese um eine Stelle als Haushaltshilfe beworben. »Und dann gibt es noch den offenen Handarbeitstreff, da ...«

Ella unterbrach sie. »Ich wollte mich erst mal umschauen. Ich lebe alleine und ...« Sie brach ab. »Und suche Anschluss« war wohl eine falsche Motivation, um hier mitzumachen. Aber wenn sie es sich ehrlich eingestand, war das der Grund, der sie hierhergeführt hatte.

»Wenn man keine Kinder hat, hat man viel Zeit«, sagte Mathilde. »Schön, dass Sie den Weg zu uns gefunden haben. Doro, brauchst du Hilfe?«

Eine der Frauen nickte. »Gern! Dieser Korb muss noch durchgesehen werden. Die brauchbaren Sachen falten wir zusammen, sie kommen in diese Kiste.«

Ella gesellte sich zu ihr. Die Aufgabe war einfach. Die anderen Frauen wandten sich wieder ihren Aufgaben zu. Ella war froh, nicht mehr im Mittelpunkt des Interesses zu stehen. Sie griff nach einem Packen Kleider und sortierte ihn zunächst provisorisch. Es war alles dabei, von nagelneuen Hemden bis hin zu löchrigen Socken.

»Können wir uns duzen?«, fragte Doro schüchtern.

»Klar, ich bin Ella Dorn, also Ella.«

Mehrere Frauen sahen auf und begrüßten sie noch einmal.

»Wo kommst du her?« Doro faltete eine gelbe Bluse und legte sie auf ein T-Shirt mit dem Aufdruck »TSV Winningen«.

»Ich wohne in Antweiler, vielleicht kennst du mein Haus?« Sie hatte bemerkt, dass ihr Anwesen vielen in der Umgebung bekannt war, obwohl man es von der Straße aus kaum sah. »Es ist das ehemalige Forsthaus oben am Aremberg.«

»Das Hexenhaus?« Kaum hatte sie die Worte ausgesprochen, klappte Doro den Mund zu, als hätte sie etwas Falsches gesagt.

Es wurde still im Raum. Man hätte eine Stecknadel fallen hören. Mehrere Frauen blickten verstohlen zu Ella.

Die nickte, hantierte mit einem riesigen Wintermantel, der sich einfach nicht zusammenlegen ließ.

Mathilde räusperte sich. »Wir sind eine wohltätige Einrichtung der katholischen Gemeinde Adenau.«

Die Frauen flüsterten miteinander. Ella meinte, etwas wie »Zaubersalbe«, »Wünschelrute« und »Eifelhexe« zu verstehen. Ja, sie war sich sicher, das Wort »Eifelhexe« hatte sie deutlich gehört. Sie beugte sich tiefer über den Tisch.

Mathilde strich über ihren grauen Dutt und blickte demonstrativ zum Kruzifix herüber. »Unsere Arbeit basiert auf christlichen Werten.«

»Nächstenliebe zum Beispiel?«, fragte Ella schnippisch.

Doro zuckte zusammen. »Komm doch am Sonntag mit zur heiligen Messe«, sagte sie.

Ella verstand das als Friedensangebot. Wann war sie zuletzt in der Kirche gewesen? Bei der Hochzeit des Kollegen, den sie so lange angehimmelt hatte, bis er diese junge, hübsche Sekretärin heiratete. Obwohl ihr das Herz brach, war sie zu dem Gottesdienst gekommen, um sich selbst klarzumachen, dass ihre Schwärmerei nun ein Ende haben musste. Denn allen guten Vorsätzen zum Trotz hatte es ihr der Seniorpartner angetan. Danach hatte sie sich noch mehr in die Arbeit gestürzt.

Mathilde sagte: »Ob unserem Pater das gefällt?«

Zorn wallte in Ella hoch.

Sie warf den Wintermantel auf einen Haufen noch unsortierter Kleider, drehte sich auf dem Absatz um und verließ den Gemeindesaal hocherhobenen Hauptes.

# 19

Heavy verschränkte die tätowierten Arme und lehnte sich zurück.

Peter seufzte innerlich auf, versuchte aber, ein freundliches Gesicht zu machen.

»Kaffee?«, bot er an und schob die Thermoskanne ein wenig in Richtung des Rockers. Becker beobachtete die Geste, als befürchtete er, der Mann könne ihm den Kaffee wegtrinken.

Heavy schüttelte den Kopf.

Peter stellte die Routinefragen nach Namen, Adresse und so weiter, die der Mann einsilbig beantwortete. Offenbar kannte er den Sermon.

»Seid ihr zur Antifa übergelaufen?« Vielleicht brach eine Provokation das Eis.

»Seh ich aus wie eine linke Zecke?« Heavy hob eine Augenbraue.

Peter verkniff sich ein Lächeln.

»Du und deine Rockergang, ihr habt ein paar unschuldige Jungs zu Klump gehauen! Jetzt mal raus mit der Sprache, was war da los?« Becker beugte sich über den Tisch.

Peter war verblüfft. So kannte er den Kollegen gar nicht.

Heavy kniff die Augen zusammen, rührte sich ansonsten nicht.

»Platzwunden, die im Krankenhaus genäht werden mussten. Hast du einen Schlagring eingesetzt?« Becker klang unverhohlen aggressiv.

Peter legte ihm besänftigend eine Hand auf den Arm.

Becker schüttelte ihn ab. »Ist doch wahr.«

Peter blickte in die Akten. »Es liegen keine Anzeigen wegen Körperverletzung vor.« Die Nazis hatten offenbar darauf verzichtet, um nicht selbst ins Visier zu geraten, vermutete Peter. »Aber ein Auto wurde beschädigt. Wie kam es dazu?«

»Vielleicht hat ein Schulkind einen Schlüssel ausprobiert?«

»Keine Kratzer, eher Beulen. Seitenspiegel kaputt, Motorhaube beschädigt. Auf den Fotos sieht es nach Baseballschläger aus. Der Autobesitzer hat Anzeige erhoben. Hat einer von den Nazis den Wagen erwischt?« Er ließ Heavy absichtlich eine Ausflucht. Der Mann sollte erst mal ins Reden kommen. Peter stellte sich vor, dass der zerdepperte Luxusschlitten ein Kollateralschaden war. Die Rocker hatten sich mit den Nazis geprügelt, dabei war das Auto in Mitleidenschaft geraten. Wenn sie den Verursacher nicht fanden, musste der Besitzer die Schäden tragen, denn in Fällen von Vandalismus zahlte die Versicherung nichts. Allerdings machte er sich keine großen Hoffnungen, etwas aus Heavy herauszukriegen. Dabei war der Rocker in keiner der polizeilichen Datenbanken registriert, er schien ein unbeschriebenes Blatt zu sein.

Heavy starrte ihn nur an und sagte nichts.

Peter blickte auf die Unterlagen, die ihm sein Bekannter vom LKA zu Rockergruppierungen und organisierter Kriminalität geschickt hatte. Von Rotlichtmilieu und Handel mit Betäubungsmitteln war die Rede, die sogenannten Outlaw Motorclubs oder OMC zugeschrieben wurde. Über die politische Ausrichtung der Rockerszene schwiegen sich die seitenlangen Berichte aus. In der begleitenden Mail hatte sein Bekannter geschrieben: »Die Gruppierungen der Rocker sind vielfältig. Es gibt viele kleine Clubs, die völlig unbelastet sind, vor allem auf dem Land.« Zwinkersmiley, dann »Grüße in die Eifel«.

Becker nahm einen großen Schluck Kaffee. Blickte Heavy

verächtlich an. »Dein Bike steht im Hof. So ein aufgemotztes Teil. Ape Hanger, kommst du dir damit cool vor?«

Der Rocker verzog keine Miene, rutschte aber auf dem Stuhl hin und her.

Peter hatte die Harley gesehen. Gepflegt, mit vielen Extras, dazu Ledertaschen mit Fransen. Der hohe Lenker, auf den Becker anspielte, war ein Custom-Teil, das Heavy anstelle des unauffälligen Originals angebracht hatte. Natürlich prangten Aufkleber der Lost Souls auf jeder freien Fläche. Peter liebte seine Triumph Bonneville, aber wenn er ein schönes Bike sah, gleich welcher Marke, schlug sein Herz höher. Heavy hatte bei der Ausstattung seiner Harley nicht an Kosten gespart, und das Ergebnis war beeindruckend, das musste er zugeben.

»Sollen wir mal überprüfen, ob sie die Lärmschutzverordnung und EURO-5-Norm einhält?«

»Alles legal«, quetschte Heavy aus dem Mundwinkel hervor. »Ich hab für alles eine ABE.« Er griff in die Innentasche seiner Jacke, die über dem Stuhl hing. Auf die Kutte mit den vielen Patches, die er neulich in Gertruds Bikertreff getragen hatte, hatte er heute verzichtet.

»Lass stecken«, wehrte Peter ab. Die Allgemeine Betriebserlaubnis für alle nachträglich veränderten Teile überprüfte der TÜV ohnehin. Becker wollte Heavy nur provozieren. Normalerweise hielt sich der Kollege im Hintergrund, doch heute war er nicht zu stoppen.

Jetzt fragte er: »Oder sollen wir mal eine gründliche Durchsuchung nach Drogen vornehmen? Den Tank aufflexen?«

»Du Schwein!« Heavy wollte aufspringen.

Doch Peter war schon bei ihm und drückte ihn auf seinen Schultern in den Sitz zurück. Zu Becker sagte er: »Übertreib's nicht. Hier geht es nicht um Drogen.« Bei der Vorstellung, an der Harley herumzuflexen, drehte sich ihm der Magen um.

»Bist du vielleicht befangen, Kollege?«

Becker setzte sich auch wieder. »Wie kommst du darauf?«

Peter dachte an die einvernehmliche Unterhaltung, die

Becker mit dem Jungnazi Gruber geführt hatte. Der angeblich nur ein entfernter Verwandter war. »Das besprechen wir später«, wiegelte er ab. Zur Not würde er Becker nicht mehr an dem Fall beteiligen.

»Zurück zu dem Vorfall in Adenau: Wer von euch war dabei?«

Heavy hatte die Arme wieder verschränkt und saß so gelassen da wie am Anfang des Termins. »Ohne meinen Anwalt sag ich gar nichts mehr.« Er kniff den Mund zusammen.

»Die Vernehmung ist beendet«, sagte Peter. Er schob die Thermoskanne Becker zu: »Kannste mal Nachschub holen, jetzt steht die Lagebesprechung an.« Er ließ Heavy das Protokoll unterzeichnen.

Als Becker die Tür hinter sich geschlossen hatte, sagte er zu Heavy: »Wir sprechen uns noch. Wenn du irgendwas weißt, sag es mir. Du willst doch auch nicht, dass die Nazis hier das Sagen haben.« Die Rocker bildeten sich nämlich ein, dass sie das Sagen hatten, dachte Peter bei sich. Vielleicht konnte er Heavy auf diesem Weg zu einer Aussage bewegen.

»Tschüss, Schwager in spe«, sagte der nur und wandte sich dem Ausgang zu.

## 20

Herrmann tauchte ein Gestell mit Dochten in einen Topf voll goldgelbem geschmolzenen Wachs. Es duftete herrlich. Vorsichtig zog er die Dochte wieder heraus, sie waren jetzt von einer dünnen Schicht Bienenwachs umhüllt.

In der Imkerwerkstatt in Herrmanns Keller war es angenehm warm. Der Raum war peinlich sauber gehalten und aufgeräumt, aber bis in den letzten Winkel vollgestellt mit Honigeimern, Schleudern, Kartons voller Gläser und Werkzeug. Ella hatte kaum einen Platz zum Sitzen gefunden. Jetzt hockte sie auf einem Kasten Wasserflaschen, auf den Herrmann ein Sitzkissen gelegt hatte.

»Dann haben sie mich die ›Eifelhexe‹ genannt und von christlichen Werten geredet. Nur weil ich nicht jeden Sonntag zur Messe gehe, bin ich doch keine Hexe.« Sie merkte selbst, wie weinerlich sie klang. Hatten es die Kirchenfrauen geschafft, sie zu verletzen?

Wieder tauchte Herrmann die Dochte in den Wachstopf. Als er sie herauszog, war die Schicht mit dem goldenen Bienenwachs ein wenig dicker geworden. Er blickte auf.

»Du rührst Salben an, die auf wundersame Weise heilen. Deine Wünschelrute findet Wasseradern für Brunnen. Bestimmt ist Zauberkraft im Spiel?« Er lächelte sie an.

»Und an Walpurgisnacht reite ich auf meinem Besen durch den Schornstein. Klar doch. Was denken die sich! Dass ich mit dunklen Mächten im Bund bin?«

»Schau mal, ich setze Propolis an und kenne die Heilkraft meiner Tinktur. Aber ich hänge es nicht an die große Glocke. Sei einfach diskret und mach, was dir gefällt.«

»Dafür ist es zu spät. Es hat sich ohne mein Zutun rumgesprochen, dass ich Salben rühre. Die Leute bezahlen sogar dafür. Kein Grund, sich aufzuregen. Jede Volkshochschule bietet inzwischen Kurse zu Naturkosmetik an.« Ella war sauer. Jetzt hatte sie sich einmal entschlossen, Kontakt zu suchen, und dann das. Sie war froh, in dem Forsthaus im Wald zu wohnen. Dort hatte sie wenigstens keine Nachbarn, die ihr Tun und Lassen kommentierten.

Herrmann zauberte aus einem der vollgestellten Regale eine Flasche hervor und füllte zwei Gläser mit einer honiggelben Flüssigkeit. »Du meditierst draußen im Wald. Vielleicht hat dich jemand beobachtet. Die Eifler sehen alles.« Er reichte Ella eines der Gläser. »Das ist der Trank der Götter.«

Sie nippte. Es schmeckte nach Honig, Gewürzen und nach Sonne. »Met?«

Herrmann nickte.

»Hier leben Heiler in jedem zweiten Dorf. Handaufleger, die Warzen verschwinden lassen und Gürtelrose wegbeten. Dagegen bin ich eine harmlose Kräuterfrau.«

»Reg dich nicht auf. Die Eifel ist katholisch. Wenn dich das Gerede stört, geh öfter mal zur Messe.«

»Da sind so viele Menschen auf einem Fleck. Das halte ich nicht aus.«

»Dann mach dir nichts aus dem Geschwätz.«

»Leichter gesagt als getan.« Ella trank den Met aus und fühlte sich ein wenig beschwipst, aber innerlich gewärmt.

»Außerdem ist es eine Unverschämtheit, mir mit der christlichen Religion zu kommen. Jesus ging dreißig Tage in die Wüste. Was hat er da wohl gemacht? Meditiert, oder?«

Der Imker brummelte etwas Unverständliches. Dann räusperte er sich und sagte: »Die Vorstellungen von Religion bewegen sich auf eingefahrenen Wegen. Lass es gut sein.«

Ella verstand, dass ihm die Diskussion unangenehm war. Er äußerte sich nie zu weltanschaulichen Fragen, für ihn kreiste alles um seine Bienen.

Jetzt widmete Herrmann sich weiter seinen Kerzen. Die Schicht von Bienenwachs um die Dochte war inzwischen daumendick. »Wie geht es eigentlich diesem Engländer, den du gefunden hast?«

»Er liegt im Koma, soweit ich weiß.« Ella schalt sich, dass sie sich nicht mehr um den Mann gekümmert hatte. Waren Tiere ihr inzwischen wichtiger als Menschen? Sorgen machte sie sich um ihr Krafttier. Sie hatte inzwischen ein Dutzend Mal im Wolfspark Kasselburg angerufen und nichts Konkretes erfahren. Der Wolf werde gut versorgt, er nehme Futter an, das war alles, was sie hörte. Abgesehen von der Angst, ob das Tier genesen werde, bewegte sie eine Frage, die sie jetzt laut aussprach: »Ich weiß immer noch nicht, wer auf den Wolf geschossen hat.«

»Viele Menschen hassen den Wolf. Aber wer hat eine

Schusswaffe?« Herrmann beugte sich tiefer über seinen Topf mit dem Wachs. Seine Gesichtszüge waren nicht zu erkennen. Sie überlegte. Was wollte er andeuten? »Polizisten, Bundeswehrsoldaten, Jäger.«

»Eben. Manche sehen den Wolf als Konkurrenten.«

Wusste er mehr? Anders als sie war er gut vernetzt. Seine Kunden hielten immer einen Schwatz, wenn sie neuen Honig kauften. Außerdem war er hier aufgewachsen, kannte die Menschen von Kindesbeinen an. Aber wenn sie ihn direkt fragte, würde er zumachen. Da kam ihr eine Idee: »Wenn jemand deine Bienenstöcke umstoßen würde, was würdest du dann machen?«

»Das ist noch nie vorgekommen!«

»Manchmal liest man in der Zeitung von Vandalismus, Mutproben von Jugendlichen oder so.«

»In der Großstadt vielleicht, aber doch nicht in der Eifel.«

»Du würdest versuchen, die Täter zu finden, oder?«

»Denen würde ich persönlich den Hintern versohlen!« Da merkte Herrmann, worauf sie hinauswollte. Er seufzte. »Ich kann dir nicht helfen. Was ein Jäger macht, wenn er einsam durch den Wald streift, weiß nur er selbst. Wenn du wissen willst, wer auf den Wolf geschossen haben könnte, unterhalte dich mit dem Vorstand des Kreisjagdvereins. Der kennt seine Pappenheimer.«


21


»Siegfried Schulz-Tondorf.« Tanja blickte auf den Bericht zur ballistischen Untersuchung des LKA. Sie war froh, dass die Kollegen ihren Job fix erledigt hatten. »Den kennen wir doch.«

»Der alte Knacker war's?« Claes tippte abwesend auf seinem Handy herum.

Wahrscheinlich chattet er mit seiner neuen Freundin, dachte Tanja und fühlte einen Stich Eifersucht. Ihr letzter Freund hatte sie verlassen, weil sie angeblich zu viel Zeit im Dienst und zu wenig mit ihm verbrachte. Laut sagte sie: »Das LKA hat das Projektil einer der Waffen, die wir beschlagnahmt haben, eindeutig zugeordnet. Es gehört zur Steyr-Mannlicher von Schulz-Tondorf.«

»Der Tattergreis hat seinen Jagdfreund mit einem Wildschwein verwechselt«, vermutete Peter.

»Wieso sagt er uns das nicht? Der muss doch wissen, dass wir das herauskriegen.« Tanja war gekränkt, dass der Polizeiapparat so unterschätzt wurde. »Komm, dem machen wir die Hölle heiß.«

Widerstrebend ließ Peter das Handy sinken.

»Sollen wir ihn nicht hierherzitieren?«

»Ich setze auf den Überraschungseffekt.«

Sie verließen das Revier und nahmen den Streifenwagen.

Schulz-Tondorf empfing sie wie beim letzten Mal an seiner Haustür, freundlich lächelnd, hoch aufgerichtet. »Was kann ich für Sie tun?«

»Wir haben noch ein paar Fragen.«

»Kommen Sie herein.« Er ging durch einen Flur, in dem Gruppenfotos von Jägern vor versammelter Strecke hingen. Erlegte Wildschweine, Rehe, Füchse, in langer Reihe auf dem Boden liegend, dahinter die Jäger in ihrer Tracht.

Der Mann führte sie in ein karg eingerichtetes Wohnzimmer. Anstelle von Bildern hingen Jagdtrophäen an den Wänden. Spieße von Rehböcken, ein mächtiges Hirschgeweih mit präpariertem Schädel. Blanke Knopfaugen blickten unbewegt auf sie herunter.

Siegfried setzte sich in einen klobigen, großen Sessel, in dessen Armlehne mehrere Tasten eingelassen waren.

Wohl ein Zugeständnis an das Alter, dachte Tanja. Sie hatte diese Sessel im Möbelhaus gesehen, Rücken- und Fußteil ließen sich automatisch verstellen.

»Die Kugel, die John Taylor traf, stammt aus Ihrer Waffe.«

»Möchten Sie einen Kaffee?«

»Lenken Sie nicht ab. Warum haben Sie auf ihn geschossen?«

Siegfried Schulz-Tondorf schien in sich zusammenzusinken. »Es war ein Unfall.«

»Was ist passiert?«

»Da war eine Bewegung im Unterholz. Ein Schwarzkittel, dachte ich.«

»Wenn Ihre Sehkraft nachlässt, sollten Sie die Waffen abgeben.«

Er wand sich. »Ich gehe auf die Jagd, seit ich zwölf bin. Mein Großvater hat mich mitgenommen. Das gibt man nicht so mir nichts, dir nichts auf.«

Tanja stellte fest, dass sie Mitleid mit dem Mann hatte. Er erinnerte sie an ihren Opa, der bis kurz vor seinem Tod mit dem Auto durch halb Europa gereist war. Kurz dachte sie an ihren Vater. Ob er wohl zurechtkam. Ob er kochte. Oder wenigstens Tiefkühlkost aufwärmte. Frank hätte sich sicher gemeldet, wenn etwas nicht stimmte. Aber sie konnte nicht die ganze Verantwortung auf ihren Bruder abschieben. Sie würde heute Abend beim Vater vorbeischauen.

»Schildern Sie bitte, wie sich der Unfall zugetragen hat.«

Peter schaute sie erstaunt an. Okay, vielleicht war es kein Unfall, aber jetzt war es wichtig, dass der Jäger ins Reden kam. Das tat er allerdings.

Der Senior berichtete umständlich und detailliert von der Treibjagd. Wo sich die Treiberkette bewegt habe, was sie vor die Flinte bekommen habe, wie das Wetter gewesen sei – diesig und Nieselregen. Die Jagd sei eigentlich schon zu Ende gewesen, als er das vermeintliche Wildschwein bemerkt habe.

»Es war sehr früh, noch nicht ganz hell. John und ich standen am äußersten Flügel. Wir Jäger bilden eine Kette und gehen gemeinsam …«

»Und?« Tanjas Finger trommelten gegen ihren Oberschenkel.

»Jedenfalls raschelte es im Gebüsch neben mir, da war was Dunkles. Ich dachte, ein Wildschwein. Hab geschossen …«

»Warum haben Sie ihn liegen gelassen?«, platzte Peter raus.

Auf einmal schlug der Mann seine Hände vors Gesicht. »Dabei hatte ich John erwischt. Er blutete. Dann stand da auf einmal eine Frau, wie aus dem Nichts aufgetaucht. Sie kreischte wie blöde. Ich bekam Panik. Bin einfach weggelaufen.«

Die Frau, das musste Ella Dorn gewesen sein. Aber sie hatte nichts davon gesagt, dass sie einen Jäger hatte weglaufen sehen. Auch hatte sie keinen Schuss gehört.

»Sie haben die Frau gesehen und fühlten sich ertappt?«

»Ich war völlig kopflos.«

»Hat die Frau Sie gesehen? Sie angesprochen?«

Er zögerte. »Wir waren ein Stück voneinander entfernt. Ich weiß nicht.« Er blickte auf den Boden. Dann setzte er hinzu: »Vielleicht hat sie mich nicht wahrgenommen, ich trug meine grüne Lodenkotze, da verschwimmt die Silhouette.«

Tanja notierte sich im Geiste, dass hier ein Widerspruch vorlag. Einerseits war er vor Ella geflüchtet, andererseits hatte sie ihn offenbar nicht gesehen.

»Ich schäme mich so.« Der Jäger schaute ihr gerade in die Augen.

Tanja war beeindruckt, wie offen der Mann seine Gefühle zeigte. Ihr Vater hatte das nie getan, und auch von anderen Männern der älteren Generation kannte sie das nicht. Schulz-Tondorf war vielleicht ein besessener Jäger, aber die Tragik dieses Fehlschusses tat ihr leid.

»Ich hätte mich um meinen Kameraden kümmern sollen. Ich hatte Angst, man nimmt mir den Jagdschein weg.«

»Genau den geben Sie mir jetzt bitte.«

Er fuhr auf.

»Das ist zunächst vorläufig. Es wird sich herausstellen, ob

Sie weiterhin die waffenrechtliche Zuverlässigkeit erfüllen. Es kommt darauf an, ob der Richter hier eine Straftat oder einen Unfall sieht.«


## 22

Unwillkürlich war ihr der Mann sympathisch. Vielleicht, weil er sie an ihren Freund Herrmann erinnerte. Ein älterer Herr, der sich aufrecht hielt und offenbar auf seine Gesundheit achtete. Er wirkte rüstig und aufgeweckt. Siegfried Schulz-Tondorf hatte sie sofort hereingebeten, als sie sich vorgestellt hatte und darauf verwies, dass der Vorsitzende der Kreisjägerschaft ihr seinen Namen genannt hatte, weil sie mit dem Pächter des Reviers in Hoffeld sprechen wollte.

Jetzt saßen sie im Wohnzimmer, das mit zahlreichen Trophäen geschmückt war. Ella fühlte sich unbehaglich unter dem starren Blick der ausgestopften Tierköpfe.

Schulz-Tondorf räumte zwei Kaffeetassen vom Tisch, offenbar hatte er kürzlich Besuch gehabt. Dann holte er eine Thermoskanne aus der Küche und goss Ella ein. Sie bemerkte, dass seine Hand leicht zitterte. Das Alter hatte doch Spuren hinterlassen.

Es war Ella schon immer schwergefallen, unverbindlich zu plaudern. Ihr stand wieder das Bild des blutenden Wolfes vor Augen, und sie platzte heraus: »In Ihrem Revier ist ein Wolf gewildert worden!«

»Wie kommen Sie darauf?«

»Ich habe ihn gefunden.« Sie berichtete von dem verletzten Tier am Rand des Kratersees.

»Das war der Hund vom Schreiner. Ich war gezwungen, ihn zu entnehmen, weil er zum wiederholten Mal unbeaufsichtigt herumstreunte. Wissen Sie, was der schon an Kitzen gerissen hat? Das ist kein schöner Anblick, so ein kleines Rehlein mit aufgerissener Kehle.«

»Ich bin sicher, dass ich einen Wolf gefunden habe und keinen Hund.«

»Der Schreiner hat so einen Mischling aus Schäferhund und Irischem Wolfshund, den kann man leicht verwechseln. Er lässt das Tier unbeaufsichtigt, dabei habe ich so oft mit ihm gesprochen, er soll den im Stall einsperren. Völlig uneinsichtig, dieser Mensch.«

Siegfried Schulz-Tondorf rührte einen Löffel Zucker in seinen Kaffee, hob die Tasse und sah sie über deren Rand ernst an.

»Es war aber kein Hund. Er ist jetzt im Wolfspark Kasselburg, die sind Experten dort. Die hätten ja wohl erkannt, wenn es ein Hund wäre.«

»Es ist das Recht des Jägers, einen wildernden Hund zu entnehmen.«

»Entnehmen?«

»Zu töten. Ein Hund, der einmal jagt, jagt immer.«

»Sie jagen ja auch.«

Er schnaubte. »In den Grenzen des Erlaubten. Die Aufgabe des Hundehalters ist es, den Hund nicht streunen zu lassen. Wenn er das nicht tut …« Er hob die Arme, wie um etwas Unausweichliches anzudeuten.

»In diesem Fall war der vermeintliche Hund ein Wolf. Wie kann der Jäger schießen, wenn er sich nicht sicher ist, was für ein Tier er vor sich hat?«

»Hören Sie, ich kenne diesen Köter vom Schreiner. Den habe ich oft genug vor der Büchse gehabt. Mit dem Zielfernrohr erkennt man jedes Haar. So oft hab ich ihn verschont, aber diesmal hat es mir gereicht.«

Der Mann kapierte nicht, worum es ging. Selbst wenn er angenommen hätte, einen Hund vor der Linse zu haben, hätte er sich davon überzeugen müssen, dass der Schuss gesessen hatte.

»War der Hund tot?«

»Er ist mir entwischt, die Töle. Beim nächsten Mal ist er dran.«

Der Jäger hatte sich nicht die Mühe gemacht, sich vom Tod des vermeintlichen Hundes zu überzeugen. Sonst wäre er ihr an dem Visionsplatz begegnet. Stattdessen hatte er sich davongemacht.

»Fahren Sie einen Jeep?«

»Ich benötige ein geländegängiges Fahrzeug, um das erlegte Wild aus dem Revier zu holen.«

Herrmann hatte von einem dunklen Jeep gesprochen, der ihm im Wald entgegengekommen sei.

»Ich rate Ihnen zu einer Selbstanzeige wegen Wilderei«, sagte Ella und blickte den Mann streng an. »Belangt werden Sie ohnehin, denn ich habe bereits eine Anzeige gegen unbekannt gestellt wegen Verstoßes gegen das Artenschutz- und das Bundesnaturschutzgesetz. Sie haben Zeit bis Montagabend, dann gebe ich Ihren Namen an die Polizei.«

»Sie können doch nicht …«

»Ich kann. Wenn Sie sich selbst anzeigen, hat der Richter vielleicht Verständnis für Sie.«

Der Mann funkelte sie an und wirkte auf einmal keineswegs greisenhaft und altväterlich.

Ella griff nach ihrer Handtasche und verließ das Haus fluchtartig. Sie war froh, als sie in ihrem Mercedes saß und die Türschließer klickten. Was war nur über sie gekommen, den Mann so in die Enge zu treiben? Immerhin besaß er Waffen.


23

Während Tanja das Schreibprogramm auf ihrem Rechner öffnete, sagte sie zu Peter: »Du kannst schon mal Feierabend machen. Ich schreibe noch den Bericht für Tünnes.« Sie sollte eigentlich bei ihrem Vater nach dem Rechten schauen, aber bei dem Gedanken an den mürrischen, trauernden Mann und die vernachlässigte Wohnung überkam sie ein Anfall von Arbeitswut. Sie redete sich ein, dass es wichtig wäre, diesen Bericht noch jetzt am Freitagabend fertigzustellen.

Peter schien überrascht, nickte aber eifrig. Das Wochenende stand vor der Tür.

Tanja hatte Gerüchte gehört, dass er seine neue Freundin auf einer Datingplattform im Internet gefunden hatte. Ging sie nichts an. Sie selbst konnte sich nicht vorstellen, sich wie Frischfleisch auf einem solchen Portal zu präsentieren, auch wenn das jetzt modern war. Außerdem hatte sie überhaupt keine Zeit für einen Partner.

Peter Claes sammelte eilig seine Sachen zusammen und ging. Ganz offensichtlich hatte er vor, das Revier zu verlassen, bevor sie sich die Sache mit dem Feierabend anders überlegte.

Tanja rief das Formular für den Bericht auf und begann zu tippen. Es fiel ihr nicht schwer, die Fakten in verständlichen Sätzen zusammenzufassen. Doch ein sinnvoller Ablauf des Geschehens erschloss sich ihr nicht. Eine Treibjagd, ein Schuss, den niemand gehört hatte, ein verletzter Jäger, die meditierende Eifelhexe – wo waren die Zusammenhänge? Grübelnd blickte sie auf den Bildschirm.

Auf dem Flur hörte sie das Klappern von Absätzen. Es klopfte kurz und energisch, dann öffnete sich ihre Tür. Eine Frau steckte den Kopf herein.

»Herein«, sagte Tanja überflüssigerweise.

Die Tür öffnete sich ganz, und eine Frau betrat den Raum. Die schwarzen Haare waren akkurat zu einem flotten Bob geschnitten. Sie trug ein graues Kostüm und eine rosafarbene Bluse mit einem passenden Halstuch. Ihre Pumps waren es, die über den Büroflur geklackert waren.

Sie trat auf Tanja zu und streckte ihr die Hand entgegen.

»Howdy, my name is Victoria Taylor, ich wollte mich nach

meinem Vater erkundigen.« Ihr Deutsch war gut verständlich, jedoch durch einen starken britischen Akzent geprägt. Sie überreichte Tanja eine Visitenkarte. »Ich möchte wissen, wer hat ihn geshootet?«

Tanja war so baff, dass sie das Kärtchen unbeachtet auf den Schreibtisch legte. »Setzen Sie sich doch. Sie sind die Tochter von John Taylor?«

Die Frau glitt auf den Besucherstuhl.

»Ich hätte Sie in den nächsten Tagen ohnehin kontaktiert …«

»In the next days … My Daddy, er könnte sterben. Wer hat es getan? Ich muss es wissen.«

Tanja rieb sich die Stirn. Unwillkürlich dachte sie an die Beisetzung der Mutter und ihren Paps, der nun allein zurechtkommen musste. Sie konnte die Verzweiflung der Frau verstehen. »Es ist noch zu früh …« Sie wurde unterbrochen.

»Und wenn er stirbt? Oder der Täter noch mal kommt? Haben Sie einen, wie heißt das, einen Bodyguard im Hospital?«

»Machen Sie sich keine Sorgen, wir sehen keinen Anlass dafür. Wir gehen von einem Jagdunfall aus.«

»Ein Unfall?« Victoria hob ihre sorgfältig zu einem Bogen gezupften Augenbrauen. »Wie kommen Sie darauf?«

»Wir haben Anhaltspunkte.«

Täuschte Tanja sich, oder wirkte Victoria erleichtert? Was hatte sie befürchtet? Anscheinend ging sie von einem Anschlag aus. Tanja war froh, dass sie heute Morgen Schulz-Tondorf zu einer Aussage hatte bewegen können. Er würde vor dem Richter erscheinen müssen, da hatte sie keine Zweifel. Sie hatte aber kein Recht, der Tochter des Opfers seinen Namen zu nennen. Daher sagte sie: »Die Ermittlungen sind noch nicht abgeschlossen.« Das war nicht gelogen, sie musste noch den Bericht tippen, wobei die Frau sie unterbrochen hatte. »Ich kann Ihnen daher keine Auskunft geben.«

»Bloody Krauts, always lame. Kein Wunder, you lost the war.« Die Frau erhob sich, blickte von oben auf Tanja herab und rauschte raus.

Tanja war einigermaßen verdattert. Dann schaute sie auf die Visitenkarte, die jedoch nur mit dem Namen und einer Handynummer mit der Vorwahl +44 bedruckt war. Als wären eine Berufsbezeichnung oder eine Adresse nicht notwendig.

Tanja gab »Victoria Taylor« in die Suchmaske des Computers ein. Eine Webseite ploppte auf, die abstrakte Kunst zeigte. Soweit Tanja es verstand, betrieb die Frau eine Kunstgalerie in London. Kein Wunder, dass sie selbstbewusst auftrat.

Sie wandte sich wieder ihrem Bericht zu und begann zu tippen.

## 24

Ella knüllte Zeitungspapier zusammen und stopfte es in ihre Schuhe, die nach der Morgenrunde mit Rocco feucht geworden waren. Die Wiese war nass, Nebel hing in den Bäumen. Wie gut, dass sie nichts weiter vorhatte an diesem Samstag. Sie konnte es sich neben dem Kamin gemütlich machen und einen Tee trinken.

Sie griff nach der nächsten Zeitungsseite, um sie ebenfalls in einen Papierball zu verwandeln. Ihr Blick fiel auf eine Überschrift: »Kein Jagdschein für Greise?«. Sie strich die Seite glatt. Den Namen des Journalisten kannte sie: Matthias Reuter, genannt Matze. Sie legte das Blatt beiseite, stopfte die Seite mit den Stellenanzeigen in ihre Schuhe und stellte sie vor die Heizung. Dann nahm sie Matzes Artikel mit in die Küche, bereitete sich einen Tee aus getrockneten Pfefferminzblättern zu und setzte sich an den Tisch.

Matze nahm den Jagdunfall in Hoffeld zum Anlass, um sich über die mangelnde Schusssicherheit der alternden Jägerschaft auszulassen. Wieso müsse ein Jagdschein nicht regelmäßig erneuert werden, fragte er. Sollte nicht die Sehschärfe aller Schusswaffenbesitzer alle paar Jahre getestet werden? Er malte Gefahren an die Wand: »Wann wird ein spielendes Kind angeschossen?« Ella überflog den Artikel. »Der verletzte Jäger liegt noch immer im Krankenhaus Maria Hilf in Daun.« Damit endete der Text.

Ella fiel ihr Traum von heute Nacht wieder ein. Sie hatte die ganze Szene erneut durchlebt, doch diesmal war der Jäger in ihren Armen gestorben, dabei immer wieder »Justice« rufend. Ella trank schnell von ihrem Tee, verschluckte sich und hustete.

Als sie sich beruhigt hatte, las sie noch einmal, was Matze geschrieben hatte. Er ging von einem Jagdunfall aus. Sicher hatte er seine Informationen von der Polizei, nahm Ella an. Die hatten vermutlich die rätselhaften Worte Johns verschwiegen. Sie wusste, dass die Ermittlungsbehörden gern einige Details von Verbrechen zurückhielten. Die Öffentlichkeit erfuhr längst nicht alle Einzelheiten.

Wieso forderte John »Justice«, wenn es sich um einen Unfall gehandelt hatte? Hatte sie ihn falsch verstanden? Oder war John wegen seiner Verletzung verwirrt gewesen und hatte irgendetwas vor sich hin gebrabbelt?

Es könnte auch sein, fiel Ella ein, dass die Marx ihr nicht glaubte, was sie gehört hatte. Sie hatte sehr skeptisch gewirkt, als Ella versucht hatte, die Visionssuche zu erklären. Vielleicht glaubte die Kommissarin, dass Ella nach vier Tagen Meditation ohne Essen und Trinken Halluzinationen hätte.

Ella spürte ein schlechtes Gewissen, dass sie sich die ganze Woche nur um den Wolf gekümmert hatte. Es gehe ihm etwas besser, hatte Nadine von der Kasselburg getextet. Sein Gehege war abseits der Besucherströme gelegen, damit er sich nicht an die Nähe des Menschen gewöhnte. Auch Ella hatte ihn nicht besuchen können. In ihrer Sorge um den Wolf, der ihr Krafttier geworden war, hatte sie den verletzten Jäger fast vergessen.

Sie blickte auf die Uhr. Im Krankenhaus wäre jetzt Besuchszeit. Kurz entschlossen beendete sie ihr Frühstück, mahnte Rocco, aufs Haus aufzupassen, und fuhr nach Daun.

Im Krankenhaus roch es nach Desinfektionsmitteln. Ella erinnerte sich an die Tage, die sie selbst nach ihrem Zusammenbruch hier verbracht hatte. Bis eine organische Ursache ausgeschlossen worden war und man sie mit Burn-out-Diagnose in eine psychotherapeutische Einrichtung überwiesen hatte.

Sie verdrängte die Erinnerung und folgte zielstrebig den Schildern mit der Aufschrift »Intensivstation – Intensive Care Unit«, bis sie vor einer Tür mit Sichtfenstern stand.

An der Wand war eine Klingel mit einer Gegensprechanlage angebracht. Sie drückte den Knopf. Nichts tat sich. Sie blickte durch das Fenster in einen langen Gang. Eine Schwester bewegte sich im Laufschritt über den Gang zu einem der hinteren Zimmer. Ein Mann in weißem Kittel hastete hinterher.

Ella wartete geschlagene drei Minuten, bevor sie es wagte, noch einmal zu klingeln.

»Ja bitte?«, schnarrte es aus der Sprechanlage.

Sie nannte ihren Namen und erklärte, sie wolle John Taylor besuchen.

»Sind Sie eine Verwandte?«

»Nein.« Ella hatte nicht bedacht, dass der Zugang zu einem Komapatienten beschränkt war. Sie hätte sich ohrfeigen können. Das war doch offensichtlich.

Wie zu erwarten, erklärte ihr die Stimme, dass nur nahe Verwandte Patienten auf der Intensivstation besuchen dürften.

Ella bedankte sich und wandte sich ab. In dem Moment schwang die Tür hinter ihr auf, und eine Lady verließ die Station. Anders konnte man die Frau nicht bezeichnen. Von Kopf bis Fuß makellos. Sie trug einen asymmetrischen Bob, ein Kostüm mit außergewöhnlichem Schnitt, eine Seidenbluse und farblich passende High Heels. Selbst zu ihren Zeiten als Consultant hatte Ella nicht so perfekt ausgesehen.

Automatisch nickte sie der Frau zu.

Die Frau erwiderte den Gruß, brach dann in lautes Niesen aus. Der Anfall dauerte eine Weile.

Ella kramte in ihrer Tasche und reichte der Dame ein Taschentuch.

Diese trötete hinein. Dann tauchte sie mit hochrotem Gesicht wieder auf.

»Sorry. My allergy. Do you have a cat?« Dann schien ihr einzufallen, dass nicht jeder Englisch sprach. »Haben Sie vielleicht eine Katze? Ich bin allergisch, you know?«

Ella hatte heute Morgen mit ihrem Kater geschmust, wie immer nach dem Frühstück. Natürlich hafteten Katzenhaare an ihrer Kleidung. Sie nickte betroffen. »Sorry, I didn't consider …« Sie entschuldigte sich, dass sie den Niesanfall ausgelöst hatte. Dann fiel bei ihr der Groschen. Wie viele Briten besuchten wohl jemanden auf der Intensivstation eines Provinzkrankenhauses in der Eifel? »Are you related to John? John Taylor?«

Die Frau nickte. Sie unterdrückte ein weiteres Niesen. »Victoria Taylor, ich bin die Tochter.«

Ella erklärte, dass sie John gefunden und den Notarzt verständigt habe. Sie hatte ins Englische gewechselt. Victorias Deutsch war einigermaßen gut zu verstehen, jedoch war offensichtlich, dass sie sich im fremden Idiom nicht wohlfühlte. Ella hingegen hatte jahrelang eine Art internationales Business-Englisch gesprochen, sodass sie sich mühelos ausdrücken konnte. Die beiden Frauen unterhielten sich eine Weile. Selten hatte Ella jemanden auf Anhieb so sympathisch gefunden. Johns Tochter wirkte eloquent, humorvoll und gebildet. Dann erinnerte sie sich, warum sie überhaupt hergekommen war, und fragte: »Wie geht es Ihrem Vater?«

»Unverändert, aber die Ärzte würden ihn gerne langsam zurückholen. Sie glauben, dass die Verletzung ausheilen wird.«

»Das ist ja schön!« Ella war ehrlich erleichtert. »Es tut mir sehr leid, dass Ihr Vater diesen Unfall hatte. Die Eifel ist sonst nicht so gefährlich«, versuchte sie zu scherzen.

Victoria nieste heftig. Als sie wieder sprechen konnte, sagte sie: »Unfall? Das war kein Unfall!«

»Wie kommen Sie darauf?«

»Jemand wollte ihn töten.« Victoria schnaubte, diesmal war es kein Niesanfall. »Ich werde den Täter überführen.« Dann musterte sie Ella gründlich. »Dazu könnte ich Hilfe gebrauchen. Wollen Sie mir assistieren?«

»Welche Art Hilfe?«, fragte Ella vorsichtig.

»Nun, mein Deutsch ist nicht so gut. Ich verstehe die Leute nicht, das habe ich bei meinem letzten Besuch gemerkt.«

Das lag wohl weniger an Victorias mangelnden Sprachkenntnissen als am Eifler Platt. Abgesehen von den Einheimischen verstand kaum jemand diesen Dialekt. Selbst nach drei Jahren in Antweiler hatte Ella ihre liebe Mühe damit. Spontan versprach sie Victoria, ihr als Übersetzerin zu dienen.

»Ich muss vorher noch etwas klären. Wir können uns Montag treffen und gemeinsam in meinem Hotel frühstücken.« Victoria zog eine Visitenkarte aus der Tasche, kritzelte etwas darauf und gab sie Ella. Als sie den Ausgang des Krankenhauses erreicht hatten, bekam ihre neue Bekannte einen weiteren Niesanfall. »Sorry, ich halte das nicht aus.« Victoria verabschiedete sich und ging zu einem Wagen mit dem Aufkleber einer Mietwagenfirma.

Ella blickte auf die Visitenkarte. Die Britin hatte ihre Handynummer auf eine Karte vom Burghotel geschrieben, einem historischen Gemäuer mitten in Daun. Das Hotel hatte den Ruf, eines der besten in weitem Umkreis zu sein. Die Lady gab sich offenbar nicht mit Zweitklassigem zufrieden.

Ella war erleichtert und besorgt zugleich. Erleichtert, weil sie sich nicht mehr allein fühlte mit ihren Zweifeln. Besorgt, weil jemand ihren schrecklichen Verdacht teilte.

Bitte senden Sie mir das aktuelle Verlagsprogramm zu

Ich möchte den Newsletter von emons: per E-Mail erhalten

Ich habe Interesse an Krimis aus folgender Region:

**f** Besuchen Sie uns auch auf www.facebook.com/EmonsVerlag

Name

Straße

PLZ/Ort

E-Mail

Ich bin damit einverstanden, dass meine hier angeführten Daten zu dem folgenden Zweck »Versand von Kundenprospekt« erhoben, verarbeitet und genutzt sowie unter Umständen an unseren Dienstleister zum Versand des angeforderten Kundenprospektes weitergegeben bzw. übermittelt und dort ebenfalls zu dem folgenden Zweck »Versand von Kundenprospekte verarbeitet und genutzt werden. Hier werden die Daten unmittelbar nach dem Versand gelöscht. Im Fall des Widerrufs werden mit dem Zugang meiner Widerrufserklärung meine Daten gelöscht.

01/2023

emons: **verlag**
**Cäcilienstraße 48**

**50667 Köln**

## 25

Tanja rührte die Zwiebeln in der Pfanne mit dem Holzlöffel um, damit sie nicht anbrannten. Dann öffnete sie eine Dose gehackte Tomaten und gab sie dazu. Es zischte.

Frank brachte unterdessen die prall gefüllte Mülltüte nach draußen. Sein Hinken bemerkte nur jemand, der sehr genau hinguckte. Tanja wusste, dass er Schmerzen hatte, wenn er keine Tabletten nahm. Die Verletzung aus Afghanistan würde ihn sein Leben lang quälen.

Paps hatte sich offenbar in den vergangenen Tagen von Chips und Cola ernährt. Leere Dosen und Tüten übersäten den Couchtisch, die Küche erschien unbenutzt.

Frank hatte angerufen und sie gebeten, ihm zu helfen. Jetzt stand sie hier und kochte Nudeln mit Tomatensoße. Oregano verbreitete seinen würzigen Geruch, dass ihr das Wasser im Mund zusammenlief. Sie goss etwas Öl in den Topf und rührte um, damit die Spaghetti nicht zusammenklebten.

Als sie fertig war, setzten sich alle an den Esstisch. »Du musst regelmäßig kochen, Paps«, mahnte sie.

Vater brummte etwas.

Sie wusste, dass er kochen konnte. Früher hatte er sich manchmal spontan an den Herd gestellt und Bratkartoffeln mit Speck oder andere deftige Gerichte zubereitet, die Mutter aus Gesundheitsgründen ablehnte. Jetzt schaufelte er die Spaghetti in sich hinein. Tanja verstand, dass er keine Lust hatte, allein zu essen, aber Chips waren nun wirklich keine gesunde Ernährung. Sie mussten sich etwas überlegen, wie sie für ihn sorgen konnten.

Nach der Mahlzeit setzte sich Frank mit dem Vater aufs Sofa, um Fernsehen zu gucken.

Paps sprach kein Wort. Er starrte abwesend auf den Bildschirm.

Tanja ging in die Küche und räumte die Teller in den Geschirrspüler.

Auf einmal stand Frank hinter ihr. »Wir können ihn nicht allein lassen.«

Sie nickte.

»Einer von uns sollte alle paar Tage vorbeikommen, nach dem Rechten sehen. Wir kochen für ihn und frieren Portionen ein, sodass er die Gerichte nur auftauen muss«, schlug Frank vor. Als sie zögerte, setzte er hinzu: »Er wird sich erholen. Das ist nur für den Übergang.«

»Meinst du, er wird dement?« So, wie die Wohnung aussah, befürchtete sie, dass er seinen Alltag nicht mehr bewältigen könnte. Was, wenn er vergäße, den Herd auszustellen?

Frank wartete ein wenig, dann meinte er: »Ich glaube, es ist die Trauer. Lass ihm Zeit.«

Sie wussten beide, dass Frank es leichter einrichten konnte als sie, regelmäßig nach Trier zu fahren. Er verrichtete Innendienst und machte pünktlich Feierabend. Tanja war froh, dass sie den Fall mit dem angeschossenen Jäger rasch abgeschossen hatte. In der kommenden Woche wartete Dienst nach Vorschrift auf sie. Wieder einmal überkamen sie Schuldgefühle, dass sie einen anspruchsvollen Job hatte, während Franks Verletzung seine Karriere bei der Bundeswehr ausgebremst hatte.

»Wie läuft's denn so bei dir?«, fragte Frank jetzt auch noch.

»Tünnes hat mich zu einem Vier-Augen-Gespräch gebeten«, sagte Tanja zu ihrer eigenen Überraschung. Sie wollte dem Bruder nicht die Ohren volljammern, aber wenn er fragte, war es das, was sie gerade beschäftigte. Sie schilderte, wie Brettschneider ihren Führungsstil kritisiert hatte.

Frank nickte. »Dein Team folgt dir nur, wenn es dir vertraut. In Afghanistan musste ich meine Einheit in Einsätze schicken, wo niemand wusste, ob er wiederkommt.« Er berichtete, wie Kinder vorgeschickt wurden, um Kolonnen zu stoppen. Wie ein Haus in die Luft flog, dessen Bewohner ihm vor Kurzem noch Tee serviert hatten. Und wie er auswählen musste, wer eine heikle Spähaktion durchführen sollte. Sie fragte sich, ob sie den Mut gehabt hätte, diese Verantwortung zu übernehmen. Oder gar selbst ein Dorf zu durchsuchen, in dem vielleicht Sprengfallen warteten.

»Vertrauen ist keine Einbahnstraße.«

Tanja blickte ihn fragend an.

»Wenn du dich öffnest, werden sie dir vertrauen.«

## 26

In Zimmer 307 sah es aus wie in einem Schlachthaus. Tanja hatte schon einige Tatorte gesehen, doch dieser übertraf alles Bisherige. Das Sofa, der Beistelltisch, der Teppich, überall waren rotbraune Flecken. Blutspritzer zogen sich an der Wand hoch. Zum Glück hatte sie noch nicht gefrühstückt.

Sie unterdrückte ihren Ekel und zog sich bewusst auf ihre professionelle Rolle zurück. Was konnte sie hier wahrnehmen?

Ihr Blick konzentrierte sich auf die Tote, die auf dem Boden neben dem Sofa der Suite lag. Das sorgfältig frisierte Haar war außer Form geraten, die beige Seidenbluse zerrissen und getränkt von dem Blut, das aus der klaffenden Wunde am Bauch geströmt war. Der Rock war hochgerutscht. Die Beine waren gestreckt, einer der Pumps vom Fuß gerutscht.

Sie betrachtete das fein geschnittene Gesicht, das noch im Tod gepflegt wirkte. Sie kannte die Frau. Neulich noch war sie in ihr Büro stolziert. Elegant, fordernd und bei bester Gesundheit. Victoria Taylor – wen hatte sie in ihrer knappen Zeit in Deutschland so gegen sich aufgebracht, dass sie sterben musste? Ein Selbstmord war ausgeschlossen. Weit und breit war kein Tatwerkzeug zu sehen, weder ein Schlachtermesser noch eine Machete. Sie tippte auf eine solche Waffe angesichts der riesigen Bauchwunde. Das klickende Geräusch der Kamera des Tatortfotografen unterbrach ihre Gedanken.

Tanja atmete tief durch, worauf der süßlich-metallische Geruch des Bluts in ihre Nase stieg. Die Übelkeit wallte wieder auf. Ihr wurde heiß. Der Einweganzug, den sie wie alle am Tatort übergezogen hatte, war nicht gerade das luftigste Kleidungsstück.

Gerichtsmedizinerin Renate Schade, die neben der Leiche kniete, blickte zu ihr hoch. Die Maske verdeckte einen Großteil ihrer Gesichtszüge, sodass man ihre Miene nicht lesen konnte.

Tanja nickte ihr zu. »Als Erstes will ich wissen, was die Tatwaffe war.«

»Mhm.« Die Medizinerin hatte sich schon wieder auf den Körper der Frau fokussiert.

Tanja trat einige Schritte zurück, um einen besseren Überblick zu gewinnen. Die Tote lag ausgestreckt neben einem Sessel der Suite. Wenig entfernt stand ein Tischchen mit einem Telefon. Ein altmodisches, schnurgebundenes Gerät, für dessen Gebrauch das Hotel sicher einen hohen Preis verbuchte. Hatte sie noch versucht, das Telefon zu erreichen? Mit einem einzigen Druck auf Taste 1 hätte sie die Rezeption gesprochen, wie die Liste mit den internen Hoteldurchwahlen neben dem Telefon verriet. Doch die Blutspuren wirkten nicht so, als sei ihr das gelungen.

Der Fotograf fotografierte die Kleider, die ordentlich auf Bügeln im Wandschrank hingen: Businesskostüme. Ein anderer Kollege markierte Spuren mit nummerierten Schildern. Später würde er alle glatten Flächen mit Pulver einstäuben und Fingerabdrücke suchen. Tanja kannte die Routine zur Genüge, in den vergangenen Jahren war sie selbst häufig für diese Aufgaben zuständig gewesen. Wenn die Kollegen ihre Arbeit beendet hatten, würde sie die Suite noch einmal einer genaueren Betrachtung unterziehen.

»Wer hat die Tote gefunden?«, fragte sie in die Runde.

»Das Zimmermädchen. Becker befragt sie gerade«, sagte der Fotograf. Er betrachtete das Display seiner Kamera und tippte auf den Knöpfen an der Rückseite herum.

Tanja verließ die Suite, fuhr mit dem Lift herunter in die Lobby und sprach mit der jungen Frau an der Rezeption. Diese suchte bereitwillig im Computer nach Daten zu Zimmer 307. Victoria Taylor hatte von London aus per Internet gebucht, am Freitagmittag eingecheckt und wollte eine Woche bleiben. Sie hatte mehrfach beim Zimmerservice angerufen und eine Flasche Rotwein, Essen aufs Zimmer und ein Taxi bestellt.

Tanja notierte sich, dass sie die Taxizentrale anrufen wollte, um zu erfahren, wo Victoria unterwegs gewesen war.

Ein Mann in Anzug mit silbergrauen Haaren trat auf sie zu. »Guten Tag, mein Name ist Schwedinger, ich bin hier der Direktor. Was für ein schreckliches Ereignis. Wie kann ich Sie unterstützen?«

Tanja stellte sich vor. Sie bat Schwedinger um eine Liste der Telefonnummern, die von Raum 307 angerufen worden waren.

Die junge Frau an der Rezeption mischte sich ein. »Das sind nur ein paar Nummern, ich sehe es hier am Computer. Abgesehen von den Anrufen hier bei uns an der Rezeption wurde nicht telefoniert.«

Das ergab Sinn, die internen Anrufe waren kostenfrei und über die Kurzwahltasten leicht zugänglich. Für alles andere würde die Taylor ihr Handy benutzt haben.

Sie musste die Anwesenden im dritten Stock befragen. »Ich bräuchte bitte die Namen der Gäste in den Zimmern auf dem Gang von der 307.«

Auch das schien kein Problem zu sein. Die Rezeptionistin gab etwas in ihren Rechner ein, und der Drucker begann zu rattern.

»Haben Sie Videoüberwachung im Hotel?«

»Das würde unsere Gäste doch sehr befremden.« Schwedinger zog eine Miene, als hätte er in eine saure Zitrone gebissen. »Lediglich im Hof ist eine Kamera, um den Parkplatz zu überwachen.«

»Davon hätte ich gerne die Aufzeichnungen.«

Schwedinger versprach, sie ihr zu senden. »Noch eine Bitte: Könnten Sie Ihre Einsatzfahrzeuge drüben neben der Kapelle parken? Muss ja nicht jeder gleich sehen, dass hier ein Polizeieinsatz stattfindet.« Er sah sie mit bittenden Welpenaugen an.

Tanja überlegte kurz. Das wäre keine große Mühe, den Gefallen konnten sie dem Mann tun. Wenn die Hotelbewohner Menschen begegneten, die von Kopf bis Fuß in weiße Overalls gehüllt waren, wären sie geschockt genug.

Sie hatte sich ihren Sonntag anders vorgestellt, merkte aber, dass sie ganz zufrieden war, sich auf einen neuen Fall stürzen zu können. Zu Hause fiel ihr ohnehin die Decke auf den Kopf.

Als sie das Hotel verließ, um den Streifenwagen umzuparken, stürzte ein Mann auf sie zu, der ihr vage bekannt vorkam.

»Rheinzeitung, Reuter mein Name. Die Tote ist Ausländerin, stimmt das?«

Unwirsch wandte sich Tanja ab. »Wenden Sie sich bitte an die Pressestelle.«

## 27

Ella war gespannt, was Victoria vorhatte. Es war natürlich schlimm, dass jemand ihrem Vater nach dem Leben trachtete, aber insgeheim frohlockte Ella, dass sie nicht die Einzige war, die an der Geschichte von einem Jagdunfall zweifelte. Sie war gespannt, was die Britin zu dieser Annahme gebracht hatte.

Sie folgte dem Schild »Burghotel« und fuhr über eine kurvige, steile Auffahrt, die mit Pflastersteinen gedeckt war, in einen Hof, den eine mittelalterliche Mauer umrahmte.

Das Hotel war ein in freundlichen Gelbtönen gestrichenes historisches Gebäude. Ein Schild besagte, dass die Burg aus dem 11. bis 13. Jahrhundert stammte. Ella ging über einen von

Arkaden gesäumten Platz und trat durch die große Holztür, über der ein Wappen prangte. Die Lobby war mit dunklem Holz verkleidet, von der Decke hing ein Lüster. Auf der Rezeption stand eine chinesische Vase mit blauen Mustern.

Zum Glück hatte Ella nicht ihre Wald-und-Wiesen-Klamotten angezogen, sondern sich stadtfein gemacht. Sie wollte nicht wie ein Landei wirken. Außerdem hafteten an der ehemaligen Bürokleidung ganz sicher keine Katzenhaare, denn sie hatten noch in den Schutzhüllen der Reinigung im Schrank gehangen. Nun fühlte sie sich angemessen gekleidet für ein Hotel dieser Kategorie.

Sie trat an die Rezeption. »Ich möchte zu Victoria Taylor, können Sie mir die Zimmernummer nennen?«

Die junge Frau hinter dem Tresen zuckte zusammen. »Frau Taylor ist … leider … nicht erreichbar.« Sie presste die Lippen zusammen.

Wie seltsam. Ella schaute auf ihre Uhr. Sie war pünktlich. »Wir sind verabredet. Bitte rufen Sie auf Ihrem Zimmer an, Frau Taylor wird das bestätigen.«

Die Rezeptionistin wand sich sichtlich. »Es tut mir leid. Frau Taylor ist, ähm, unpässlich. Ich kann Ihnen leider nicht helfen. Möchten Sie vielleicht einen Kaffee?«

In dem Moment trat jemand von hinten an sie heran. »Frau Dorn? Was haben Sie mit Victoria Taylor zu tun?«

Ella wandte sich um. Die Kommissarin von der Mordkommission! Mehrere Gedanken schossen ihr gleichzeitig durch den Kopf. Was ging Tanja Marx ihre Verabredung an? Hatte Victoria die Kommissarin herbestellt? Teilte sie inzwischen die Meinung, dass es sich bei dem Schuss auf John keinesfalls um einen Jagdunfall gehandelt hatte? »Wir sind verabredet«, wiederholte Ella. »Frau Taylor hat mich gebeten, für sie zu dolmetschen, da sie glaubt, dass ihre Deutschkenntnisse nicht ausreichen.« Es gab keinen Grund, das zu verschweigen.

»Bitte überlassen Sie die Ermittlungen doch uns, wir sind darin Profis.« Die Stimme der Marx klang scharf, ihr Pferdeschwanz wippte. Von der ganzen Frau ging Anspannung aus. Jetzt presste sie hervor: »Woher kennen Sie Frau Taylor?«

Ella trat einen Schritt zurück. »Wir haben uns zufällig im Krankenhaus getroffen und sind ins Gespräch gekommen. Sie ist froh, dass ich ihr mit dem Deutschen weiterhelfen kann.«

»Zufällig getroffen, so. Wann war das? Wann haben Sie sie zuletzt gesehen?«

Wozu diese Fragen? Was war hier los? Ella war versucht zu antworten, dass es die Polizei nichts angehe. Dann beschloss sie, die Frau nicht zu verärgern. Sie schien schon auf hundertachtzig zu sein. Außerdem hatte sie nichts zu verbergen: »Wir sind uns gestern gegen Mittag im ›Maria Hilf‹ über den Weg gelaufen. Wir sind verabredet. In …« Sie blickte auf ihr Handy. »… zehn Minuten.«

Tanja Marx holte tief Luft. Ihre aggressive Ausstrahlung war verschwunden, dafür wirkte sie … verzagt? »Leider muss ich Ihnen mitteilen, dass Victoria Taylor verstorben ist.«

Verstorben? Und die Mordkommission vor Ort? Das konnte nur eins bedeuten: »Sie wurde ermordet?«

Die Kommissarin legte ihr eine Hand auf den Arm. »Ich darf dazu keine Auskunft geben, und jetzt gehen Sie bitte.«

Ella wandte sich um und stakte hinaus. Ihre Beine fühlten sich plötzlich steif an.


## 28

Ein *Pling* zeigte den Eingang einer neuen Mail an. Schnell klickte Tanja das Symbol an. Der Bericht der Forensikerin war gekommen. Sie öffnete das Dokument.

»Abwehrverletzungen an Händen und Unterarmen. Vierzehn Stiche mit Messer in Brust- und Bauchraum. Todeszeitpunkt gegen Mitternacht, plus/minus eine Stunde.« Sie überflog die Einzelheiten, las weiter: »Todesursache: Stich-verletzungen der Lunge, Lungenkollaps, hoher Blutverlust. Vermutliche Tatwaffe: Messer, Klingenbreite zweieinhalb Zentimeter, Klingenlänge elf Zentimeter.«

Sie krauste die Stirn. Das klang nicht nach einer Machete, wie sie im ersten Moment vermutet hatte. Die Größe der Wunde war nicht durch eine gewaltige Klinge, sondern durch mehr-faches Zustoßen zu erklären. Die Tatwaffe war offensichtlich ein handelsübliches Messer, wie es für die Jagd, Angeln oder Outdoorabenteuer benutzt wurde. Klingenlängen bis elf Zenti-meter waren frei verkäuflich. Es gab jede Menge Modelle dieser Art. Schier unmöglich, den genauen Typ zu bestimmen.

Sie malte Spiralen auf ihren Notizblock.

Dann notierte sie: »Pressekonferenz vorbereiten«. Beim Gedanken an die Journalisten wurde ihr schlecht. Das war ein gefundenes Fressen für die Pressemeute. Heute Vormittag war ja schon dieser Typ von der Rheinzeitung aufgetaucht. Kollege Claes behauptete, dass der den Polizeifunk scanne und daher immer schnell vor Ort sei. Sie schätzte, dass bei einer Pressekonferenz in diesem Fall sogar Journalisten aus Bonn und Köln anreisen würden. Eine junge Britin im Burg-hotel erstochen, eine gut aussehende Frau noch dazu, das er-gab eine Menge reißerische Schlagzeilen. Fotos der eleganten Galeristin waren im Internet genug zu finden. Sollten sie die Identität der Frau zunächst zurückhalten? Das musste sie mit Brettschneider absprechen.

Tanja schrieb auf: »Mordopfer Ausländerin – Botschaft kontaktieren«. Beim BKA gab es einen Verbindungsbeamten für Großbritannien. Vielleicht konnte sie über den gehen. Der Gedanke an die Engländerin weckte eine andere Erinnerung.

»Justice«. Tanja kritzelte das Wort auf den Block. Ella Dorn war sich nicht ganz sicher gewesen, ob sie Taylor richtig ver-standen hatte. Doch die Tochter des Geschädigten lebte in London, dann sein Nachname – der Bezug zu England war da.

Sie malte das »J« aus und schmückte es gedankenverloren mit Kringeln.

Dann holte sie ihr Handy hervor und tippte das Wort »Justice« in ein Übersetzungsprogramm. Außer »Gerechtigkeit« konnte es auch »Justiz« oder »Richter« bedeuten, allerdings nur im Sprachgebrauch von Juristen. Hatte John auf einen Richter verweisen wollen? Sie versuchte, sich an das wenige zu erinnern, was sie über ihn in Erfahrung gebracht hatte. Da war nirgends von einer juristischen Tätigkeit die Rede. Nein, der Mann hatte von »Gerechtigkeit« gesprochen. Gerecht, was ihm widerfahren war? Wer auf Tiere schoss und mit Jagdwaffen hantierte, musste wohl damit rechnen, dass es ihn auch einmal erwischte.

Der Mord an seiner Tochter ließ auch den Schuss auf den greisen Jäger in einem anderen Licht erscheinen. Ihr scheinbar so harmloser Fall hatte eine neue Dimension erhalten. Tanja kaute auf dem Ende ihres Kugelschreibers herum. Sie musste sich diesen Siegfried Schulz-Tondorf noch einmal vorknöpfen. Es konnte Zufall sein, aber das wäre ein sehr zufälliger Zufall, dass erst der Vater angeschossen und dann die Tochter erstochen wurde. Was hatte Schulz-Tondorf ihr verschwiegen?

Beim Gedanken an den Alten erinnerte sie sich an ihren Vater. Hoffentlich hatte er was Warmes gegessen. Sie musste ihn unbedingt besuchen. Seufzend suchte sie nach Franks Nummer in ihrem Handy und rief ihn an. Sie grüßten sich. »Wie geht es Vater?«

»Nicht viel besser als gestern. Ich habe ihm Bratwurst mit Kartoffelpüree gekocht, das war doch immer sein Lieblingsessen. Er hat kaum was angerührt.«

Tanja fuhr ein Stich ins Herz. Ihr Vater, der immer alles bestimmt hatte in der Familie, war hilflos.

»Wir sollten alle ein, zwei Tage vorbeischauen«, schlug Frank vor.

»Ich weiß.« Tanja überlegte, wann sie es schaffen sollte,

nach Trier zu fahren. Angesichts des neuen Falls würde ihr
Arbeitstag selten vor zwanzig Uhr enden. Von Koblenz nach
Trier dauerte es noch einmal über eine Stunde. Ungesagt verstand Frank sie. Er hatte einen regelmäßigen Dienst und war
um sechzehn Uhr fertig.

»Ich könnte den Anfang machen«, sagte Frank.

Tanja stimmte erleichtert zu, aber ihr schlechtes Gewissen
blieb.

## 29

Der Alte wirkte außerhalb seiner gewohnten Umgebung weniger groß, weniger rüstig, dachte Peter. Als wäre die Luft
aus ihm gelassen. Natürlich war es nicht angenehm, auf dem
Revier vernommen zu werden. Das hatten sie dem Greis bisher erspart. Aber irgendwas stimmte hier nicht. Erst schoss
Siegfried Schulz-Tondorf auf seinen Jagdfreund, dann wurde
dessen Tochter erstochen. Bisschen viel Zufall auf einmal.

Tanja las dem Mann seine Rechte vor, dann fragte sie nach
Namen und Adresse, wie es das Protokoll vorschrieb. Schulz-
Tondorf antwortete höflich, aber zurückhaltend.

In seinem Haus war er jovialer gewesen, hatte Tanja mit
seinem Charme beeindrucken wollen, erinnerte sich Peter. Er
nippte an seinem Kaffee. Der war viel zu schwach für einen
Montagmorgen.

»Was haben Sie am Samstagabend gemacht?« Tanja kam
direkt zur Sache.

»Nichts Illegales.« Er lächelte, als hätte er einen Witz gemacht.

»Bitte beantworten Sie meine Frage.«

»Warum wollen Sie das wissen?«

Peter merkte, dass Tanjas Geduldsfaden kurz davor war zu

reißen. Er sagte daher: »Wir haben unsere Gründe, glauben Sie mir. Wo waren Sie am Samstagabend?«

Siegfried Schulz-Tondorf fuhr sich übers Kinn, als wollte er den Zustand der Rasur prüfen. Daran gab es nichts zu beanstanden, er war sauber glatt rasiert.

»Ich habe mich ehrenamtlich engagiert.«

»Nun lassen Sie sich doch nicht alles aus der Nase ziehen! Samstagabend, was haben Sie gemacht? Wir wollen Ort und Zeitpunkt wissen.«

»Wie gesagt, ich habe ein Ehrenamt ausgeübt. Ich habe einen Vortrag vor Jugendlichen gehalten und ihr Geschichtswissen erweitert.

»Wann und wo?« Die Kommissarin begleitete ihre Frage mit einer knappen Handbewegung. Peter war wieder mal froh, dass er sie nur fallweise unterstützte. Als Vorgesetzte war sie sicherlich anstrengend.

Bei Schulz-Tondorf schien ihre militärische Art zu wirken. Er bequemte sich zu einer Antwort, wenn auch einer kurzen: »Ab zwanzig Uhr in Vogelsang.«

»In der alten Naziburg?« Nahe Schleiden war im Dritten Reich eine sogenannte NS-Ordensburg erbaut worden, ein gigantischer Gebäudekomplex, der auf eine Hochfläche nahe der Urfttalsperre geklotzt worden war. Sie hatte als Schulungsstätte für den Nachwuchs des NSDAP-Führungskaders gedient.

Der Mann zog die Brauen zusammen. »Dort ist jetzt eine internationale Jugendbildungsstätte«, sagte er in neutralem Tonfall.

»Ab zwanzig Uhr waren Sie dort, und wie lange?«

»Der Vortrag hat etwa zwei Stunden gedauert, mit Diskussion und allem. Danach hat mich einer der Kameraden, also einer der Jugendlichen, nach Hause gefahren.« Er zwinkerte ihnen zu. »Nach dem vielen Sprechen musste ich meine Kehle befeuchten, daher hatte ich vorausschauend mein Auto nicht mitgenommen, sondern die Hilfe der Jugend in Anspruch genommen.«

»Wann waren Sie zu Hause?«

»So gegen ein Uhr morgens.«

»Und dann?«

»Bin ich ins Bett gegangen.«

»Name und Adresse.«

»Was?«

»Bitte geben Sie uns den Namen und die Anschrift des Mannes, der Sie nach Hause gebracht hat.« Peter versuchte, verbindlich zu klingen. Es hatte keinen Sinn, den Greis bockig zu machen.

»Jonas Gruber.«

Peter versuchte, sich seine Überraschung nicht anmerken zu lassen. Gruber war doch einer der Neonazis, die sich mit den Rockern die Schlägerei in Adenau geliefert hatte. Der aalglatte Jungnazi, den er neulich in genau diesem Verhörraum befragt hatte, ohne etwas zu erreichen.

Er machte Tanja ein Zeichen, das Gespräch zu unterbrechen.

## 30

Tanja starrte auf ihren Bildschirm. War der Fall zu groß für sie? Unbehagen überfiel sie. Ihr fehlte die Erfahrung, um einen so verzwickten Fall mit ausländischer Beteiligung zu bearbeiten. Andererseits – hatte sie sich das nicht immer gewünscht? Aufsehenerregende Fälle zu übernehmen und schnell aufzusteigen?

Claes kam mit zwei Tüten Brötchen in der Hand rein. »Salami oder Käse?«

»Käse«, sagte sie, dankbar für das Angebot. Das war zwar kein warmes Mittagessen, aber im Moment hatte sie keine Zeit für eine längere Pause. Das Brötchen musste reichen.

»Überprüfst du sein Alibi?«

»Kein Problem. Weißt du, wer dieser Jonas Gruber ist?«

»Nein, woher soll ich irgendwelche Jugendlichen kennen?«

»Das ist nicht irgendein Jugendlicher, das ist der Sprecher einer Gruppe junger Rechtsradikaler, die in letzter Zeit für ziemlichen Aufruhr gesorgt haben.« Claes erzählte eine wüste Geschichte von einer Schlägerei zwischen Rockern und Neonazis, die mit einem demolierten Auto geendet hatte – jedenfalls, soweit sie informiert waren. Keiner der Beteiligten hatte sich über Körperverletzung beschwert, lediglich der Besitzer des beschädigten Autos hatte Anzeige erstattet.

»Was hat Schulz-Tondorf mit denen zu tun?«

»Ich kann mich mal schlaumachen«, bot Claes an. »In seinem Haus sah es nicht nach einem Ewiggestrigen aus.«

»Man kann nie wissen, welche Leichen die im Keller haben.« Gleich darauf bereute Tanja das. Sie waren im Keller des Mannes gewesen. Dort hatte es Waffen gegeben, aber keine Leichen. Sie ärgerte sich über ihre flapsige Ausdrucksweise.

»Apropos Leiche, wissen wir schon, wo Victoria Taylor nach ihrem Besuch im Krankenhaus war? Sie war doch abends noch mal weg?«

»Die Rezeptionistin hat was von einem Taxi erzählt. Rufe bitte die Taxizentrale an und frage nach.« Zum Glück gab es in Daun nur ein einziges Taxiunternehmen. Da es in der Eifel kaum Busse und Bahnen gab, besaß jeder mindestens ein Auto – und fuhr auf Schleichwegen nach Hause, wenn er zu viel getrunken hatte. Für Taxifahrten bestand schlichtweg kein Bedarf.

Claes wechselte überraschend das Thema. »Hab gehört, dass deine Mutter verstorben ist. Mein Beileid.«

Tanja blickte auf. »Danke.« Es musste sich im Präsidium rumgesprochen haben. Sie hatten eine Todesanzeige in der Rheinzeitung veröffentlicht, aber den Kollegen hatte sie nichts erzählt.

»Ist nicht einfach. Ich kenne das.« Claes starrte in eine Ecke des Büros, aber es schien, als blickte er in weite Ferne. »Wenn du Hilfe brauchst ...«

»Danke«, wiederholte sie. »Meine Beziehung zu meiner Mutter war eher distanziert, aber jetzt ...« Musste sie ihm das erzählen? Es brach aus ihr heraus: »Mein Vater ist jetzt alleine. Es hat ihn geschmissen. Er isst nicht mehr. Jedenfalls nicht, wenn wir nicht für ihn kochen.«

Claes stand auf und trat zu ihr. Es sah aus, als wollte er sie tröstend umarmen, aber dann blieb er verlegen neben ihrem Schreibtisch stehen.

»Wie gesagt, wenn was zu helfen ist ...«

»Danke.« Sagte sie das jetzt zum dritten Mal? »Ich muss mich um ihn kümmern, mache in nächster Zeit vielleicht mal eher Schluss.

»Dein Bruder, ich glaube, ich habe ihn neulich bei einem Vortrag über Sicherheit im Internet kennengelernt. Frank, oder? Frank Marx?«

»Genau.« Kannte Claes die Geschichte ihres Bruders? Im Präsidium in Koblenz sprach sich alles herum, der Flurfunk verbreitete sich schneller als Verschwörungstheorien im Facebook. Reichten die Buschtrommeln bis ins Revier in Adenau? »Er hat sich zu einem IT-Spezialisten entwickelt.«

»Das ist bestimmt nicht einfach, nach so einem Auslandseinsatz.«

Claes wusste also Bescheid.

»Er sorgt sich um Vater, aber ich kann ihm nicht alles alleine überlassen.«

»Marx, du kannst nicht die Welt retten. Du bist hier voll im Einsatz, wir haben einen komplizierten Fall. Lass mal deinen Bruder eine Weile für den Vater sorgen, später hilfst du wieder aus. Wenn wir den Fall geknackt haben.«

So einfühlsam kannte sie Claes überhaupt nicht. Ihr kamen die Tränen. Das durfte nicht sein. Sie, als Frau, als Mordermittlerin, konnte im Dienst nicht heulen. Sie kniff die Lippen zusammen. Unwirsch sagte sie: »Dann lass uns voranmachen.« Unauffällig wischte sie eine Träne weg.

Zum Glück klingelte in dem Moment das Telefon. »Burghotel Daun, Schwedinger am Apparat.«

Sie erinnerte sich an den Hoteldirektor, einen distinguierten Herrn mit silbergrauem Haar. »Guten Tag, Herr Schwedinger.«

»Ich möchte Sie um etwas bitten, wenn es Ihnen nicht zu viel ausmacht und es Ihre Ermittlungen nicht stören würde, aber für uns wäre es eine Erleichterung …«

»Worum geht es?«

»Wir notieren die Kennzeichen unserer Gäste, weil wir verhindern wollen, dass Fremdparker unseren Hof nutzen. Manche Touristen machen es sich leicht und stellen ihr Auto einfach bei uns ab, um bummeln zu gehen. Dann reichen die Plätze aber für unsere Gäste nicht, und deshalb …«

»Gut und schön, aber was haben wir damit zu tun? Das Tatortteam ist doch abgerückt?«

»Dürfen wir den Mietwagen von Frau Taylor abholen lassen? Ich würde dann einfach die Mietwagenfirma anrufen. An den Aufklebern ist ja zu erkennen, bei wem sie gebucht hatte.«

Mietwagen? Davon hatte sie bisher nichts gehört. Nachdem von einem Taxi die Rede gewesen war, hatte sie sich keine Gedanken über ein weiteres Auto gemacht.

»Auf keinen Fall!« Tanja ärgerte sich, dass sie diese Möglichkeit nicht bedacht hatte. Umso besser, dass das Hotel Bescheid sagte und das Auto nicht einfach stillschweigend abholen ließ. Sie bedankte sich und kündigte an, dass sie vorbeikommen würde. Auch das Tatortteam würde noch einmal ausrücken müssen, um das Auto unter die Lupe zu nehmen.

## 31

Peter war froh, Feierabend zu haben. Der Fall kam nicht voran, dabei waren die ersten Stunden die entscheidenden. Natürlich hatte der Nazibengel Gruber das Alibi von Schulz-Tondorf bestätigt. Beflissen und mit einem aufgesetzten Lächeln. Der greise Jäger hatte über »das keltische Erbe in unserer Eifelheimat« gesprochen.

Das Wort »Heimat« an sich war unverdächtig, aber in der Beschreibung des Vortrags kam es inflationär vor. Im Programm waren weitere Veranstaltungen mit Schulz-Tondorf vorgesehen, in denen es um »den Bau des Nürburgrings in schwerer Zeit« und »Einführung in die nordische Mythologie – die Religion unserer Vorfahren« ging. Jedes Thema für sich wirkte unauffällig, aber alles zusammen sprach für eine rechte Gesinnung des alten Knackers.

Das kann mir egal sein, dachte Peter und nahm seine Jacke, um endlich das Revier hinter sich zu lassen. Gertrud hatte angekündigt, Gulasch zu kochen. Schon beim Gedanken daran lief ihm das Wasser im Mund zusammen.

Auf dem Weg zum Ausgang kam ihm Becker entgegen, der einen Becher Kaffee in der Hand trug. »Na, haste dir 'ne Rockerbraut geangelt?«, trötete er Peter entgegen.

Er blieb stehen. »Was meinst du?« Er wusste wohl, dass hinter seinem Rücken Gerüchte kursierten. Angeblich hätte er eine Frau im Internet kennengelernt. Das stimmte nur so halb, er kannte Gertrud bereits, bevor er auf ihr Gesuch in der App gestoßen war. Er hielt es für müßig, die Gerüchte zu kommentieren. Was wollte Becker andeuten?

»Die Bikerin, die du dir angelacht hast. Ihr Bruder ist Rocker. Und zwar genau der Rocker, den wir neulich vernommen haben.«

»Und?« Peter zog die Brauen zusammen. Er wusste nur zu gut, dass Heavy bei den Lost Souls aktiv war. Das musste ihm der Kollege nicht aufs Brot schmieren.

»Mal ehrlich, glaubst du nicht, dass du befangen bist? Ein wenig voreingenommen an die Sache mit der Schlägerei herangehst?«

Peter schnaubte. »Nein, glaube ich nicht. Wie kommst du darauf?«

»Wollte nur drauf hingewiesen haben.« Becker ging in die Defensive, nahm schlürfend einen Schluck Kaffee. »Bevor du dich irgendwo reinreitest.«

Der scheinheilige Typ! Becker war es doch völlig egal, ob Peter sich mit seinem Verhalten schadete oder nicht. Laut sagte Peter: »Mit dem Bruder meiner Freundin habe ich privat überhaupt nichts zu tun.« Was vor allem daran lag, dass dieser Cops verabscheute, aber das musste der Kollege ja nicht wissen. »Ich habe keine Einblicke in seinen Club.«

»Rocker haben immer Dreck am Stecken. Wenn wir tiefer graben, finden wir was«, behauptete Becker. »Drogen, Prostitution, Menschenhandel … Da stecken die knietief drin.«

»Es geht darum herauszukriegen, wer dieses Auto beschädigt hat. Morgen knüpfe ich mir wieder welche von den Möchtegern-Hitlern vor.«

»Wenn du meinst.« Becker hob die Hand zum Gruß und schlurfte in Richtung des Büros, den Kaffee vorsichtig balancierend.

Peter überlegte, ob er sich offiziell von Heavy distanzieren sollte, fand das aber albern. Sollte er den Fall abgeben?

Allerdings waren sie völlig unterbesetzt. Urlaub, Krankheiten, Teilzeit … Den anderen Kollegen konnte er nicht noch mehr Arbeit aufhalsen. Becker hatte ihn nur provozieren wollen, der würde nichts weiter unternehmen. Dann erinnerte er sich wieder an das Gulasch, das Gertrud ihm versprochen hatte, und beeilte sich, nach Hause zu kommen.

## 32

Ella erwachte davon, dass Rocco jaulte. Sie erhob sich schlaftrunken und fand ihren Hund an der Haustür, wo er wild kratzte.

Normalerweise schlief Rocco länger als sie selbst, vor allem jetzt in der dunklen Jahreszeit. Nur die Aussicht aufs Gassigehen lockte ihn von seinem warmen Hundebettchen. Hatte er etwas Schlechtes gefressen und Durchfall bekommen? Ella öffnete die Tür.

Rocco schoss wie eine Rakete in den Garten, bellte laut und sprang am Hoftor auf und ab.

Hatte er ein Wildschwein gewittert? So hatte Ella ihren Hund noch nie erlebt, obwohl er nun schon zwei Jahre bei ihr lebte. Da sie jetzt ohnehin hellwach war, machte sie sich schnell frisch, zog sich an und stieg in die Wanderstiefel, um eine Morgenrunde mit Rocco zu drehen. Die übliche Gassigehrunde würde helfen, dass er sich beruhigte.

Als Ella im Garten war, hatte sich Rocco alles andere als beruhigt. Er versuchte gerade, sich unter dem Hoftor durchzugraben, und hatte schon eine kleine Kuhle ausgehoben. Unter seinen scharrenden Beinen flog die Erde nur so nach hinten.

»Stopp!« Ella legte keinen Wert auf eine aufgegrabene Einfahrt. Sie klickte die Leine an Roccos Halsband und zog ihn ein Stück zurück, damit sie das Tor öffnen konnte.

Dann wusste sie, warum der Hund sich so aufregte. Vor ihrer Hoftür lag eine blutige Masse.

Angewidert trat sie einen Schritt zurück, taumelte und wäre fast gestürzt.

Rocco sprang um das blutige Fellbündel herum und bellte wie wild.

Ella fasste sich ein Herz und begutachtete das Teil. Lohfarbenes Fell, spitze Ohren. Ein Fuchskopf! Jemand hatte einem Fuchs den Kopf abgetrennt und vor ihre Tür gelegt.

Ihr wurde übel. Sie schluckte heftig.

Dann sagte sie sich, dass der Fuchs nicht wirklich eklig war. Es waren die Überreste eines Tieres. Wer ein Steak zubereiten konnte, konnte wohl auch einen Tierschädel entsorgen.

Sie band Rocco an einen Zaunpfosten, ging in die Küche und holte eine große Mülltüte. Kehrte in den Garten zurück, stülpte die Tüte über ihre Hand, nahm den blutigen Kopf auf und entsorgte das Ganze in der Mülltonne. Keine würdige Bestattung für das arme Tier, aber sie konnte es nicht über sich bringen, ein Loch zu graben und den Kopf in ihrem Garten zu beerdigen. Oder einfach in den Wald zu schmeißen. Dann würde sie sich in den nächsten Tagen bei jedem Spaziergang einbilden, einen Kadaver zu riechen. Aus den Augen, aus dem Sinn. Morgen würde der Müllwagen kommen, dann wäre der Fuchskopf auf der Deponie.

Sie nahm Roccos Leine, lobte den Hund und machte sich auf zu der gewohnten Runde einmal um das kleine Waldstück, das an ihr Haus grenzte. Rocco beruhigte sich und begann, Mauselöcher aufzugraben.

Normalerweise genoss Ella den kleinen morgendlichen Spaziergang und bewunderte die Kunstwerke der Natur: Spinnennetze, Raureif, Pilze und andere kleine Funde am Wegesrand. Heute schob sich das Bild des blutigen Kopfes immer wieder davor. Wer konnte das getan haben? Spontan fiel ihr nur einer ein: der greise Jäger, den sie zu einer Selbstanzeige zwingen wollte. Wie kam man schon an einen Fuchskopf, wenn nicht als Jäger? Und wer hatte einen Grund, sie zu hassen?

Das Ultimatum, das sie dem Wilderer gestellt hatte, war gestern Abend abgelaufen. Sie würde nachher die Polizei anrufen und melden, dass Siegfried Schulz-Tondorf den Wolf angeschossen hatte, den sie gefunden hatte. Hoffentlich würden die ihre Anzeige weiter verfolgen, allzu enthusiastisch war der Beamte ja nicht gewesen, den sie neulich am Telefon gehabt hatte. Sie würde das Aktenzeichen heraussuchen, das ihr bei der Onlineanzeige übermittelt worden war, und auf den Verdächtigen hinweisen. Sollte Schulz-Tondorf doch der Polizei erklären, dass er den Wolf für einen Hund gehalten hatte.

Sie überlegte, ob sie den Fund des Fuchskopfes ebenfalls melden sollte. Aber sie konnte niemandem etwas nachweisen. War es überhaupt strafbar, jemandem ein totes Tier – oder einen Teil davon – vor die Tür zu legen? Galt das als Drohung?

Ella beschloss, sich nicht bei der Polizei lächerlich zu machen. Vielleicht war es auch nur ein grober Spaß von irgendwelchen Jugendlichen. Jeder, der einen Jäger in der Verwandtschaft oder unter seinen Bekannten hatte, konnte um einen toten Fuchs bitten, etwa unter dem Vorwand, das Fell gerben zu wollen. Und fast jeder in der Eifel kannte einen Jäger.

Sie seufzte, bückte sich und hob ein Stöckchen auf, um es für Rocco zu werfen.


## 33

Peter betrachtete die Artefakte aus Victorias Hotelzimmer. Ein Streichholz, ein Kugelschreiber, eine geöffnete Verpackung von einem Kondom, ein Knopf. Jeder Gegenstand war in eine kleine Plastiktüte verpackt und nummeriert. Die Nummern verwiesen auf den genauen Fundort. Peter verglich die Nummern mit den Fotos des Hotelzimmers. Das Streichholz und die Kondomfolie hatten die Techniker hinter einer Fußleiste hervorgepult. Er legte sie zur Seite. Die konnten seit Jahren dort gesteckt haben.

Peter drehte das Tütchen mit dem schwarzen Knopf in seinen Händen und besah es sich von allen Seiten. Ein Knopf halt. Aus Plastik. Anscheinend von einer Jacke. Oder der oberste Knopf einer Hose. Aus dem Knopfloch hing ein abgerissener grüner Faden. Also war das dazugehörige Kleidungsstück vermutlich ebenfalls grün.

Dann öffnete er die Datei mit dem Bericht. Der Knopf trug dick und fett die Fingerabdrücke von Victoria Taylor. Vermutlich hatte sie ihn in ihrem Abwehrkampf abgerissen – von ihrer eigenen Kleidung stammte er definitiv nicht, die war nämlich komplett. Etwaige vorherige Fingerabdrücke waren überlagert, verwischt und nicht mehr zu identifizieren.

Die Marx kam rein. Sie hielt ihm eine Tüte mit Teilchen entgegen. Was ihn verwunderte, die Chefin hatte doch noch nie Frühstück für alle mitgebracht. Vielleicht wollte sie sich für die Brötchen neulich revanchieren.

»Greif zu.« Wie immer im Befehlston. Peter dachte inzwischen, dass sie dahinter eine Menge Unsicherheit verbarg. Immerhin war sie die jüngste Ermittlerin der Mordkommission und eine der wenigen Frauen in diesem Dezernat. Wie sie ihm neulich gebeichtet hatte, kam Stress in der Familie hinzu.

»Danke!« Die Puddingschnecke war genau das Richtige, um sein Hirn auf Trab zu bringen.

»Hast du dir den Knopf vorgenommen?«

»Ein billiges Plastikding.« Er las weiter in dem Bericht. Der asiatische Hersteller fertigte Millionen solcher Knöpfe pro Jahr, die weltweit verwendet wurden. Was die Sache schlimmer machte: Der Knopf wurde auch für Jacken genutzt, die zur Armeeausstattung zahlreicher Länder gehörten. Auch die Bundeswehr hatte Windjacken mit diesem Knopf bis vor drei Jahren genutzt. Den grünen Faden hatte das Labor ebenfalls unter die Lupe genommen. Hier schienen sich die Experten sicher zu sein, dass es sich um einen besonders festen Zwirn handelte, was wiederum die Wahrscheinlichkeit erhöhte, dass es sich um Jagd-, Militär- oder Outdoorkleidung handelte.

»Leider viele Möglichkeiten«, seufzte Peter.

»Allein die Militärklamotten, die so im Umlauf sind.« Tanja

stöhnte theatralisch. »Soldaten, die noch das ältere Modell der Jacke nutzen. Shops, die ausrangierte Bundeswehrkleidung im Angebot haben. Da kaufen viele Leute ein, die preiswerte Outdoorsachen suchen.«

»Hinzu kommt Jagdkleidung der unteren Preisklasse, die die gleichen Knöpfe verwendet.« Peter las weiter in dem Bericht.

»Also Zigtausende möglicher Jacken. Was ist mit dem Kuli?«

Peter reichte ihr die Tüte mit dem Stift. Ein schwarzes Plastikding mit einem grün-blauen Logo.

Tanja entzifferte den Aufdruck. »Blankenheim – Verweilen an der Quelle«.

»In Blankenheim ist die Ahrquelle«, erklärte Peter. Er war sich unsicher, ob das nicht ohnehin klar war, aber die Claes stammte aus Trier und kannte viele der kleinen Eifelörtchen nicht.

Becker kam zur Tür rein. »Uns liegt jetzt die Auswertung des Navigationsgeräts aus dem Mietwagen des Opfers vor.«

Tanja blickte auf. »Wo ist sie hingefahren?«

»Blankenheim. Zu einem Museum.« Er blickte auf einen Zettel in seiner Hand. »Eifelmuseum Blankenheim.«

»Worauf wartest du?« Tanja sprang auf und griff nach ihrer Jacke.


## 34

Es war noch früh am Morgen, ihr Atem stand in einer Dampfwolke vor ihrem Gesicht. Ella war froh, als sie in den Wald eintauchte, der sie umfing wie ein warmer Mantel. Sie beschleunigte ihre Schritte und ging den Pfad hoch, bis sie der See wie ein alter Freund begrüßte. Seit der Visionssuche waren nur wenige Tage vergangen, aber es schien ihr eine Ewigkeit. Rocco trabte neben ihr her.

Die Schüsse auf den Wolf, der verletzte Jäger, der grauenhafte Fund vor ihrer Tür – in ihrem Kopf vermischte sich alles zu einem Bild der Gewalt. Was war aus ihrer geliebten Eifel geworden?

Um sich zu beruhigen, ließ Ella ihren Blick über den See schweifen. Nebel stieg in leichten Schwaden von der Wasseroberfläche auf. Mit dem Rücken lehnte sie sich an den Stamm einer mächtigen Buche und glitt in eine Hocke. Ihr Herzschlag beruhigte sich, der Atem ging langsamer. Sie kehrte in die Meditation zurück, in der sie hier Tage und Nächte verbracht hatte, als wäre sie nie unterbrochen worden.

Es platschte, ein Fisch war gesprungen und ins Wasser zurückgefallen. Das Geräusch rief sie in die Gegenwart zurück. Die Nebel über dem See hatten sich verzogen, ein heller Fleck am Wolkenhimmel zeigte, dass sich die Sonne durchzukämpfen versuchte. Offenbar hatte sie länger hier gesessen, ohne zu bemerken, wie die Zeit verging. Sie stand auf, streckte sich und ging einige Schritte auf dem bemoosten Boden. Das Bein kribbelte, es war eingeschlafen. Sie stampfte mehrmals auf, um den Blutkreislauf wieder in Gang zu bringen.

Rocco war begeistert, er erwartete einen längeren Spaziergang. Doch Ella hatte keine Lust, an diesem kühlen Morgen kilometerweit zu laufen. Sie suchte nach einem Stöckchen, das sie für Rocco werfen konnte, damit er sich austobte.

Ihr Blick fiel auf eine Erle mit einem seltsam verformten Stamm. Der Baum wirkte, als hätte er sich einmal um sich selbst gedreht. Vielleicht war der junge Baum von einem Hangrutsch aus dem Boden gerissen und bewegt worden, hatte danach neue Wurzeln geschlagen und sich wieder zur Sonne gerichtet. Wie sie selbst, dachte Ella. Sie hatte durch den Burn-out ihre Wurzeln in Frankfurt verloren und in der Eifel neue geschlagen. Sie hatte ihr Leben gewendet – von der erfolgreichen Beraterin, die keine Sekunde Zeit für sich selbst hatte, zur »Eifelhexe«, die Ruhe in sich selbst fand. Ein Wolf war erschienen und hatte ihr seine Kraft geschenkt.

Ella ging zu der Erle hinüber. Sie umarmte den Baum und legte die Stirn an seine schuppige Rinde. Früher hätte sie sich geschämt, so etwas zu tun, aber erstens beobachtete sie hier niemand und zweitens hatte sie gelernt, dass Bäume Trost spendeten. Sie verharrte eine Weile, eng an den Baum geschmiegt. Ihr Atem wurde tiefer, sie nahm den Geruch des Baumes wahr. Früher hatte sie nie darauf geachtet, aber jeder Baum hatte seinen eigenen, unverwechselbaren Geruch, so wie auch der Mensch.

Etwas drückte gegen ihre Stirn. Sie ließ den Baum los, trat einen Schritt zurück und betrachtete die Rinde genauer. Da war ein Riss, eine Wölbung, die das natürliche Muster der Rinde störte. Ella ließ ihre Finger darübergleiten. Sie spürte etwas Metallenes.

## 35

Der Mann rollte seinen Bleistift vor und zurück. Vor und zurück. Peter wurde allein beim Zuschauen schwindlig.

»Worum ging es bei Ihrem Treffen?«, hatte die Marx gefragt, und der Mann hatte nicht geantwortet. Stattdessen rollte er diesen Bleistift auf seinem Schreibtisch vor und zurück.

Schließlich räusperte er sich, richtete sich auf und sagte: »Sie müssen verstehen, dass wir ein kleines Museum sind. Die Gemeinde leistet sich diese Sammlung von Eifelmalern, aber das ist eine gewaltige Anstrengung. Zuschüsse gibt es hin und wieder ... vom Staat, von Stiftungen, wir kommen gerade so über die Runden.«

Das war glaubhaft, denn das Museum befand sich in einem winzigen Fachwerkhaus in der historischen Altstadt Blankenheims, unweit der Ahrquelle. Das Haus bestand aus drei Etagen, die durch eine steile, ausgetretene Treppe verbunden waren. Unten waren Fundstücke aus antiker Zeit, unter dem Dach einige Gemälde.

Die umständliche Ausdrucksweise des Museumsleiters machte die Marx offensichtlich nervös. Er hatte eingangs schon mehrere Minuten damit verbracht, seine Anteilnahme am Tod der Taylor auszudrücken. Jetzt hibbelte die Kollegin auf ihrem Stuhl herum, sodass der Pferdeschwanz wippte.

Peter versuchte, sich auf die Worte des Mannes zu konzentrieren, aber mit jeder Bewegung des Bleistifts – vor und zurück – drifteten seine Gedanken ab. Der gestrige Abend war toll gewesen. Gertrud hatte ein wunderbares Abendessen aufgetischt, gekrönt von einem selbst gebackenen Käsekuchen mit Rumrosinen, er hatte drei Stück verdrückt. Danach war er zu müde gewesen, um im Bett …

»Daher müssen Sie verstehen.« Museumsleiter Schreiner nahm einen neuen Anlauf und geriet ins Stocken.

»Was denn?« Der Marx war der Geduldsfaden gerissen. Der war ohnehin kurz bei ihr.

»Wir können uns keine Fachkraft für Provenienzforschung leisten.« Stefan Schreiner stöhnte. »Die Bilder von Benjamin Melzer sind seit Mitte bis Ende der dreißiger Jahre in unserem Besitz, genauer kann ich das nicht sagen. Ich habe die Leitung erst vor drei Jahren übernommen, alles neu konzipiert und bin noch nicht dazu gekommen, Herkunftsnachweise zu sichten oder gar zu prüfen. Sie müssen verstehen, dass das ein Vollzeitjob …«

Schon wieder unterbrach ihn die Marx. »Was hat dieser Maler mit dem Besuch von Victoria Taylor zu tun?«

Der Mann wand sich auf seinem Stuhl. »Der Maler ist ihr Großvater.«

»Und?«

Peter wusste, dass die Kollegin ausweichende Antworten nicht akzeptieren würde.

»Sie fordert seine Bilder zurück. Sie seien unrechtmäßig erworben worden.« Jetzt lehnte sich Stefan Schreiber zurück und verschränkte die Arme über der Brust. »Wir gesagt, wir sind ein kleines Museum und haben bisher noch kein Budget für Provenienzforschung. Unsere Sammlung von Eifelmalern enthält natürlich auch Werke jüdischer Künstler, aber alleine das bedeutet nicht, dass sie unrechtmäßig in unseren Besitz gelangt sind und ...«

Peter war nicht klar gewesen, dass Taylor Jüdin war. Hätte er das wissen müssen? Kollegin Marx hatte nichts davon erwähnt. Bisher hatte die Religion des Opfers keine Erwähnung gefunden. Spielte sie hier eine Rolle? Bevor er den Gedanken zu Ende denken konnte, sprach seine Kollegin weiter.

»Kurz gesagt, Victoria Taylor glaubte, Bilder ihres Vaters seien von den Nazis geraubt worden? Sie wollte sie zurückhaben?«

Schreiner stöhnte. »Darauf läuft es hinaus. Aber ...«

»Spekulieren wir mal: Sie sind Victoria gefolgt und haben sie erstochen, um diese lästige Forderung auszuräumen.«

Der Museumsleiter fuhr auf. »Natürlich nicht!«

Die Marx hatte den Mann provozieren wollen, das war klar.

»Was kostet so ein Bild denn?«

»Das kommt drauf an, was ein Sammler dafür ausgeben möchte. Der Wert liegt im Auge des Betrachters. Es gibt viele Eifelmaler, aber nur wenige von ihnen sind von Rang. Manche Stücke finden sich auf Antikmärkten, andere werden bei Auktionen gehandelt, im mittleren Preisspektrum. Für uns im Museum zählt nicht der materielle Wert.«

»Wenn Sie die Bilder abgeben müssten, wie würden Sie sie ersetzen?«

»Gar nicht, denn wie gesagt, unser Budget ist beschränkt. Wir versuchen, Zustiftungen zu bekommen, aber ...« Er legte die Fingerspitzen zusammen.

»Um wie viele Bilder handelt es sich denn?«

»Das wären ungefähr ein Dutzend, wobei wir nur drei davon ausstellen, die anderen sind im Lager.« Er wies mit einer ausholenden Bewegung in den Raum. »Sie sehen ja, das wir hier nicht viel Platz haben.«

»Wo waren Sie am Samstagabend?«

»Nach dem Besuch der Galeristin bin ich nach Hause gefahren. Meine Frau wartete mit dem Essen auf mich. Sie kann bezeugen ... mein Gott, muss das wirklich sein?« Schreiner schien klar zu werden, dass er sich mit seiner Aussage unter die Verdächtigen katapultiert hatte. Er überlegte kurz. »Warten Sie, die Engländerin hat nach mir noch jemanden besucht. Sie sagte, sie habe nicht viel Zeit, mit mir zu diskutieren. Ich würde aber von ihren Anwälten hören.« Schreiner blickte nach oben, als erwartete er himmlische Hilfe. »Wir als kleines Museum können uns einen Rechtsstreit nicht leisten.«

»Zu wem wollte Frau Taylor denn?«

»Das weiß ich nicht. Da kann ich Ihnen leider nicht helfen.«

»Wann ist sie gegangen?«

Er überlegte kurz. »So gegen achtzehn Uhr.«

»Wir schicken einen Beamten zu Ihrer Frau, um ihre Aussage aufzunehmen.«

Tanja gab das Zeichen zum Aufbruch.

Auf dem Weg zum Streifenwagen ließ sich Peter das Gespräch noch einmal durch den Kopf gehen. Das Museum war mittellos, die Bilder hätten nicht ersetzt werden können, wenn sie Victoria übergeben werden müssten. Reichte das als Motiv für einen Mord?


## 36

»Wusstest du, dass sie Jüdin war?«

Tanja schüttelte den Kopf.

»Ändert das was an unserem Fall?«

Tanja zuckte die Schultern.

Die war ja gesprächig heute.

»Ist das ein Motiv? Wenn das Museum die Bilder ihres Großvaters unrechtmäßig erworben hat und zurückgeben müsste?«

»Wenn man die deutsch-jüdische Geschichte betrachtet, sind viele Motive zu finden. Aber Gemälde? Die Nazis haben Bilder geraubt und zerstört. Oder verkauft?« Tanja überlegte. »Ich kenne mich nicht gut genug aus. Wir müssen einen Experten fragen. Kannst du einen auftreiben?«

Das sollte mit einer Internetrecherche erledigt sein. Peter versprach, sich darum zu kümmern.

»Kein Wort zu dem Schnösel von der Pressestelle!«

Peter wusste sofort, wen sie meinte. Die Kommunikationsabteilung wurde neuerdings von einem Hipster geführt, der vorher bei einer Werbeagentur gearbeitet hatte. Er hatte seine halblangen Haare zu einem kleinen Dutt gebunden, trug eine Handtasche mit sich rum und sprach dauernd in sein iPhone. Peter war nicht scharf darauf, in sein Visier zu geraten.

»Die Pressefritzen würden sich drauf stürzen, wenn sie mitkriegten, dass das Opfer Jüdin war. Das kann jede Menge politische Komplikationen bringen, daher lassen wir diese Information unter Verschluss.« Die Kollegin fuhr fort. »Als Nächstes müssen wir herausfinden, mit wem sie sich nach dem Besuch im Museum getroffen hat. Die Navidaten aus dem Mietwagen zeigen nur, dass sie sich noch eine Weile in Blankenheim aufhielt und dann zurück nach Daun gefahren ist. Wenn die Zeitangabe des Museumsleiters stimmt, hatte sie etwa vierzig Minuten in Blankenheim verbracht, über die wir nichts wissen.«

»Vielleicht hat sie noch was gegessen. Von der Zeit her würde das hinkommen mit den vierzig Minuten.«

»Kann sein. Der Sektionsbericht erwähnt beim Mageninhalt etwas von Salat mit Nusskernen.«

»Wenn das stimmt, muss es sich um ein Lokal in der Nähe des Museums handeln. Sie ist zu Fuß gegangen, das Navi verzeichnet keine Bewegungen innerhalb Blankenheims.« Peter überlegte, wie weit das sein konnte. Der Eifler fuhr jede kleinste Strecke mit dem Wagen. Aber eine Londonerin? War sie es gewohnt, zu Fuß zu gehen? Dann dachte er an die teuren Pumps der Frau. Damit war sie nicht weit gelaufen, vor allem nicht über das Kopfsteinpflaster der Blankenheimer Altstadt. Es kamen also nur die Gasthäuser in der Umgebung in Frage. »Wir befragen die Gastwirte. Sicher erinnert man sich an ihre Erscheinung.« Aus seiner Sicht war es logisch, dass die Taylor nach dem Gespräch mit dem Museumsleiter noch in Ruhe etwas aß. Das wäre zumindest das, was er an einem Samstagabend machen würde. Sehnsüchtig dachte er an das letzte Stück Käsekuchen, das im Kühlschrank auf ihn wartete.

## 37

Ein metallischer Geruch stieg in Ellas Nase. Er störte den erdigen Duft des Baumes. Ella wich etwas zurück, tastete an dem Riss in der Borke herum. Die empfindliche Bastschicht des Baumes, die direkt unter der Rinde lag und durch die Nährstoffe in die Krone transportiert wurden, war verletzt. Ella hatte Mitleid mit dem Baum.

Vielleicht hatte jemand einen Nagel eingeschlagen, unwissend, dass dies dem Baum Schaden zufügen könnte. Sie zückte ihr Taschenmesser, klappte es auf und erweiterte vorsichtig den Riss in der Borke und hebelte herum. Mit einem *Plopp* sprang ihr ein Stück Metall entgegen, das sie instinktiv auffing. Allerdings handelte es sich nicht um einen Nagel.

Sie drehte das Stück in ihrer Hand. Fast zentimeterdick,

an einem Ende aufgespleißt. Die Form erinnerte an einen Pilz mit einem zerfledderten Hut.

Rocco blickte zu ihr auf und schnüffelte, sodass sich sein Nasenschwamm bewegte. Spürte er es auch? Diese Aura von Gewalt? Der Baum war durch eine Kugel verletzt worden. Am liebsten hätte sie sie so weit wie möglich von sich geworfen. Aber dann hielt sie inne.

Hier oben war in letzter Zeit viel geschossen worden, zunächst auf den Wolf, dann auf John. Wenn diese Kugel damit in Zusammenhang stand? Oder war es ein harmloses Überbleibsel der Treibjagd?

Viel zu viele Möglichkeiten gingen ihr durch den Kopf.

Vielleicht war es eine uralte Kugel? Doch die Verletzung des Baumes war frisch. Wäre die Kugel schon vor Jahren abgefeuert worden, hätte die Rinde des Baums sie überwölbt und sich allmählich über ihr geschlossen, sodass Ella sie nicht bemerkt hätte.

Widerstrebend gestand sie sich ein, dass sie die Polizei informieren musste.

Sie griff zu ihrem Handy und suchte in den Kontakten nach Peter Claes, drückte den Anrufbutton. Nichts tat sich. Kein Akku. Sie erinnerte sich, dass sie gestern Abend vergessen hatte, das Handy ans Ladekabel anzuschließen.

Anstatt nach Hause zu fahren, schlug sie den Weg zu Herrmann ein. Sie fühlte sich verunsichert nach ihrem Fund, wollte mit jemandem darüber sprechen. Mit jemandem, dem sie vertraute.

Als sie bei dem Imker ankam, bemerkte sie als Erstes eine Rauchwolke, die hinter dem Haus aufstieg. Schnell stieg sie aus, befreite Rocco aus seiner Transportbox und lief um das Gebäude herum.

Herrmann stand ein wenig vorgebeugt und warf in regelmäßigem Rhythmus Holzrähmchen in ein lichterloh brennendes Lagerfeuer. Als Rocco ihn freudig ansprang, richtete er sich auf, erkannte Ella und grüßte sie mit einem warmen Lächeln.

»Was machst du da?«, entfuhr es Ella statt einer Begrü-ßung. Herrmann hatte oft genug darüber geklagt, wie teuer die Rähmchen seien, die er brauche, damit die Bienen ihre Waben schön regelmäßig ausbauten. Sorgsam hatte er sie nach jeder Saison von Wachs gereinigt und mit einem Flammenwerfer abgeflämmt, um sie zu desinfizieren. Nun verbrannte er sein wertvolles Material?

»Ach, weißt du, man wird ja nicht jünger.« Herrmann wirkte verlegen. »Ich werde in diesem Jahr die Zahl meiner Völker ein wenig reduzieren. Was soll ich mir die ganze Arbeit antun, wenn sowieso keiner die Imkerei übernimmt. Mein Sohn hat kein Interesse, der ist immer unterwegs.«

Ella hatte noch nie von Herrmanns Sohn gehört, aber dann sagte sie sich, dass sie wenig über Persönliches gesprochen hatten. Sie überlegte, ob sie Herrmann überhaupt von ihrem Leben in Frankfurt berichtet hatte. Hatte sie nicht. Sie waren sich bei einer Kräuterführung über den Weg gelaufen, sofort sympathisch gewesen und seither befreundet.

Rocco drängte sich wieder an ihr Bein, wie um zu zeigen, dass er Herrmann ausreichend begrüßt hatte, aber sie sein Frauchen war. Ella streichelte dem Schäferhund über den Rücken. Dann fiel ihr ein, wieso sie hergekommen war. »Ich hab da was gefunden. Zeig ich dir gleich. Kann ich mal dein Telefon benutzen? Mein Handy hat keinen Strom mehr.«


## 38

»Ich glaube nicht mehr an einen Jagdunfall.« Tanja nagte an ihrer Unterlippe. Die vielen Unstimmigkeiten störten sie.

Claes blickte auf. »Eine Kugel zu viel, oder?«

»Obwohl der Einschusswinkel nicht stimmt. Taylor stand doch auf der anderen Seite. Deshalb haben wir auch die Kugel nicht gefunden.« Es fuchste sie, dass ausgerechnet Ella Dorn sie auf dieses Indiz hinweisen musste. Jetzt machte sie sich Vorwürfe, die Umgebung nicht noch großräumiger abgesucht zu haben. Andererseits: Sie waren gehalten, keinen unnötigen Aufwand zu treiben. Beamtenstunden, Laborkapazitäten, Material – alles war knapp.

Sie mussten die beiden Fälle gemeinsam betrachten und noch einmal von vorn anfangen.

»Wissen wir schon was über das Projektil?«

»Auch ein Teilmantelgeschoss. Allerdings Kaliber 8 x 57. Es ist jetzt im Labor, warten wir ab, was die dort rauskriegen.«

»Anderes Kaliber als das von Scholz-Tondorf.«

»Und auf den ist keine Waffe zugelassen mit diesem Kaliber, er bevorzugt anscheinend die kleineren.« Sie konnte sich auch nicht vorstellen, dass der Alte wild um sich geschossen hatte, in verschiedene Richtungen mit verschiedenen Büchsen. Sie konnte sich überhaupt kein Szenario vorstellen, das mit den Indizien übereinstimmte.

In dem Moment klingelte das Telefon auf ihrem Schreibtisch. Eine lange Nummer stand auf dem Display. Ein Verbindungsbeamter des BKA an der Deutschen Botschaft in London meldete sich, den sie kontaktiert hatte.

»Sie wollten etwas über Victoria Taylor wissen.«

»Haben Sie etwas für uns?«

»Victoria Taylor, zweiundsechzig Jahre, geboren und aufgewachsen in London. Studium der Kunsthistorik an der Regent's University, ebenfalls in London. Also – eine waschechte Britin, die ihr Leben in London verbracht hat. Was macht die bei euch in der Eifel?« Er lachte ein wenig.

Tanja war nicht zum Lachen. Sie knurrte etwas Unbestimmtes. »Und sie hat dort eine Galerie oder so?«

»Genau. In Chelsea, in einer Nebenstraße der King's Road gleich neben der Saatchi Gallery.«

Als er merkte, dass das Tanja nichts sagte, erläuterte er: »Ein bekanntes Museum. Eine der teuersten Gegenden Londons. Da muss Geld vorhanden sein.«

Sie erinnerte sich an das Auftreten der eleganten Frau. »Wir stehen noch ganz am Anfang mit den Ermittlungen. Sie war zu Besuch bei ihrem Vater, der im Krankenhaus liegt. Außerdem handelt es sich um eine jüdische Familie, wir wissen noch nicht, ob das eine Rolle spielt.« Sie sparte sich die Erklärung, dass der Vater Victorias angeschossen worden war. Die Hintergründe des Falls gingen den Mann nichts an.

»Der Vater, John Taylor, 1938 nach England gekommen unter dem Namen Johannes Melzer, hat seinen Namen anglisiert. Eine Tochter, ebendiese Victoria. Die Mutter ist 1969 verstorben. Anscheinend hat es den Vater später wieder in seine Heimat gezogen.«

»Kann sein.« Immerhin passte das zur Aussage des Museumsleiters. Der hatte doch den Maler Melzer als Großvater Victorias erwähnt. Die Galeristin war also nicht durch Heirat an den Namen Taylor gekommen, sondern bereits ihr Vater hatte das Melzer in einen leichter aussprechbaren Namen verwandelt. »Sie war nicht verheiratet?«, fragte Tanja nach.

»Nein, sie war alleinstehend.«

Tanja bedankte sich und wollte schon auflegen, als der Mann sagte: »Gehen Sie bitte vorsichtig vor. Die Frau war vielfältig vernetzt, insbesondere in der Jüdischen Gemeinde. Spielt ihre Religion eine Rolle, wenn ich fragen darf?«

»Bisher haben wir keinen antisemitischen Kontext ausmachen können«, antwortete Tanja und merkte, wie lahm das klang. Sie musste sich noch tiefer reinknien.

»Wenn die britische Boulevardpresse Wind bekommt von dem Fall, ist hier die Hölle los. Und ich muss das dann ausbaden.« Er lachte ein wenig. »Schließlich bin ich von britischen Diplomaten umgeben.« Damit verabschiedete er sich und legte auf.

Tanja stöhnte.

Claes hatte dem Gespräch aufmerksam zugehört. Sie fasste

für ihn kurz zusammen, was der Verbindungsbeamte gesagt hatte.

»Er sieht es also als genauso heikel an wie wir.« Der Kollege sprach aus, was sie dachte.

»Bei der Lagebesprechung morgen sammeln wir Ideen, wie wir diesen Aspekt behandeln wollen.«

»Nur gut, dass unsere Medien noch nicht darauf angesprungen sind.«

In dem Moment kam Becker rein. »Es gibt was Neues.«

Die beiden blickten ihn erwartungsvoll an. »Also, eigentlich was Neues, aber andererseits auch nicht.«

»Wieso?«

»Das Hotel hat uns die Aufzeichnungen der Kamera vom Parkplatz geschickt.«

»Und?«

»Seht selbst.«

Er tippte auf dem Computer herum, dann drehte er den Monitor ein Stück, sodass ihn alle sehen konnten.

Grauschwarze Bilder huschten über den Bildschirm, im Zeitraffer abgespielt. Es war wenig los auf dem Parkplatz. Zum einen war das Hotel um diese Jahreszeit nicht voll belegt, wie sich Tanja an die Erklärungen von Direktor Schwedinger erinnerte. Zum anderen war es später Abend, die Uhr am unteren Ende der Aufzeichnungen lief jetzt bei zweiundzwanzig Uhr fünf.

»Kommt da noch was?«

»Geduld«, sagte Becker. Er ließ den Film schneller laufen, dann verlangsamte er ihn wieder. »Hier: dreiundzwanzig Uhr fünfzehn – schaut mal.«

Eine Person huschte geduckt über den Parkplatz. Dunkle Kleidung, unförmige Gestalt. Dann lag der Hof wieder verlassen da.

»Das ist alles? Zeig noch mal.«

Becker spulte zurück und ließ das Video erneut abspielen.

»Da sieht man akkurat nichts«, fasste Claes zusammen.

»Könnte ein Mann sein, aber auch eine Frau. Älter oder jünger – nicht zu sagen.« Tanja runzelte die Stirn. »Wann verlässt diese Person das Hotel wieder?«

»Da haben wir ein Problem. Der Speicher für die Aufzeichnungen war überlastet, und das Video endet um vierundzwanzig Uhr. Für die nächsten Stunden gibt es kein Material.« Becker duckte sich, als erwartete er eine Rüge für diese Auskunft.

»Immerhin wissen wir nun, dass eine Person gegen dreiundzwanzig Uhr fünfzehn ins Hotel kam. Becker, du erkundigst dich, ob das einer der Gäste oder ein Angestellter war, ob das Hotel generell dazu was sagen kann. Dann schicken wir die Aufnahmen ans LKA, vielleicht kann deren Labor noch was rausholen, die Auflösung verbessern, was weiß ich?« Sie war froh, wenigstens einige weitere Schritte unternehmen zu können. Alles besser als Stagnation.

»Es kann natürlich jeder sein, vom Zimmermädchen bis hin zu einem Callboy, der da über den Hof läuft. Aber es würde zum Tatzeitpunkt passen, den hatte die Gerichtsmedizin doch auf Mitternacht plus/minus eine Stunde festgelegt.«

»Stimmt. Umso wichtiger, dass wir das Video auswerten lassen.«

»Da ist noch was.« Becker stellte seinen Kaffee zur Seite und reichte ihr eine Asservatentüte. »Haben wir in der Handtasche des Opfers gefunden.«

In der Tüte steckte ein hellbrauner Polsterumschlag, auf den mit Hand geschrieben war: »Ella«.


## 39

Ella rutschte unruhig auf dem Stuhl hin und her. War der Raum mit einem venezianischen Spiegel ausgestattet, durch den sie beobachtet wurde? Ein Spiegel welcher Art auch immer war nirgendwo zu sehen.

Es war das erste Mal, dass sie zu einem Gespräch auf eine Polizeiwache gebracht wurde. Ihr Herz hämmerte.

Ohne zu klopfen, trat Tanja Marx ein. Ihr folgte ein uniformierter Beamter, der ein Tablett mit Kaffeebechern balancierte, das er vor ihr auf den Tisch stellte.

Die Marx grüßte kurz, deutete auf den Kaffee: »Möchten Sie einen?«

Ella griff zu einem der Pappbecher und einem Plastiktöpfchen mit Kondensmilch. Sie nahm auch ein Päckchen Zucker und ein Holzstäbchen zum Umrühren. Normalerweise trank sie ihren Kaffee ungezuckert, aber es tat gut, ein wenig mit den Sachen herumzuhantieren. Außerdem brauchte sie etwas Süßes für die Nerven.

Tanja Marx ließ sich ihr gegenüber auf einem Stuhl nieder, der uniformierte Beamte blieb an der Wand stehen. Er umklammerte einen Becher Kaffee, als handelte es sich um ein Lebenselixier.

Die Kommissarin zog einen USB-Stick aus der Tasche, legte ihn auf den Tisch und schob ihn ein Stück auf Ella zu. »Was ist das?«

»Ein USB-Stick.« Etwas altertümlich, aber immerhin, manche Leute vertrauten Cloudlösungen nicht und trugen weiterhin einen Speicherstick mit sich herum.

»Was ist da drauf?«

»Woher soll ich das wissen?«

»Bitte schauen Sie genauer hin.«

Ella betrachtete den Datenträger. Er war hellgrau, ohne Aufschrift.

»Das ist nicht meiner. Ich habe ihn noch nie gesehen. Wieso zeigen Sie ihn mir?«

Tanja Marx schob ein Blatt Papier über den Tisch, drehte es mit einer Handbewegung so, dass Ella lesen konnte, was darauf geschrieben stand. Eine Liste, eng gedruckt.

Ella zog sie zu sich heran. Die Überschrift lautete »Werkverzeichnis Benjamin Melzer«. Die Liste setzte sich zusammen aus Titeln, Jahreszahlen und Anmerkungen. Ella überflog die Einträge: »Kind vor Scheune, 1923 – Privatbesitz, London«; »Eifeldorf im Schnee, 1924 – Galerie, Bonn«; »Gillenfelder Maar, 1924 –?«. So ging es weiter. Die Liste umfasste mehrere Seiten. Im Zeitverlauf nahm die Zahl der Werke zu, die mit einem Fragezeichen versehen war.

»Stammt das von Victoria?«

Die Beamtin nickte. Ihr Pferdeschwanz hüpfte auf und nieder. »Das haben wir im Hotelzimmer der Engländerin gefunden.«

Ella lehnte sich zurück. »Tut mir leid, ich bin keine Kunstexpertin. Ich kann Ihnen nicht weiterhelfen. Wer ist denn dieser Melzer?«

»Wissen Sie, wo wir die Liste gefunden haben?«

»Woher soll ich das wissen?«

»Der Speicherstick steckte in einem Umschlag mit Ihrem Namen.«

Ella atmete scharf ein. Das hatte sie nicht erwartet. Wieso hatte Victoria ihr den Stick zeigen wollen? »Wir haben uns verabredet, damit ich sie bei Gesprächen begleite. Ich sollte übersetzen. Von einem Werkverzeichnis hat sie nicht gesprochen. Das sehe ich zum ersten Mal.« Ella wusste, dass die Marx ihr nicht über den Weg traute, und konnte es ihr nicht verdenken. Schließlich hatte sie sie angelogen, als sie sich zum ersten Mal begegnet waren. Das war nun schon zwei Jahre her, aber die Kommissarin hatte es nicht vergessen. Ella bemühte sich, ihr gerade und offen in die Augen zu schauen. Die Beamtin machte nur ihren Job, und den machte sie nicht schlecht, soweit sie das beurteilen konnte. Ella nahm sich vor, freundlicher zu sein.

»Dann können Sie mir auch nicht sagen, was das hier bedeutet?« Die Kommissarin tippte mehrmals mit dem Finger auf einen Punkt der Liste.

Ella beugte sich vor. Die Kommissarin hatte ihren Finger
auf ein »S.?« gelegt.

»Victoria vermutete wohl, dieses Gemälde befände sich in
Besitz eines oder einer S. Oder einer Institution namens S.«
Ella war klar, dass auch Tanja Marx so weit mitgedacht hatte.
Die Liste war nicht schwer zu verstehen, sie führte jeweils den
Titel des Werks, Entstehungsjahr und vermutlich den heu-
tigen Besitzer auf. Einige Werke waren Namen zugeordnet,
bei vielen stand »Privatbesitz?«, andere hingen offenbar in
Galerien und Museen. Bei mehreren war »S.?« eingetragen.

»Und was bedeutet ›S.?‹?« Tanja Marx bohrte ihren Blick
in ihre Augen.

Ella hob die Schultern. »Da kann ich leider nicht helfen.
Die Verstorbene hat mit mir nicht über diesen Maler und
dieses Werkverzeichnis gesprochen. Tut mir leid.«

»Jetzt sagen Sie endlich die Wahrheit!« Tanja knallte die
flache Hand vor ihr auf den Tisch. »Die Wahr-heit.«

Ella fuhr zusammen. Dann holte sie tief Luft. »Nur weil
ich vor Jahren, ich betone – Jahren –, mal eine Notlüge benutzt habe, heißt das nicht, dass ich heute nicht die Wahrheit
sage.« Sie merkte, dass sie vor lauter Wut in ihren Manager-
ton verfallen war. Den hatte sie früher angewandt, wenn ein
Unternehmenslenker ihren Empfehlungen als Beraterin nicht
folgen wollte. Oder sie als junge Frau ohne jede Erfahrung
abgetan hatte. Etwas ruhiger fügte sie hinzu: »Ich sage die
Wahrheit. Ich weiß nicht, was Victoria vorhatte. Wir haben
nur vereinbart, dass ich für sie einige Gespräche dolmetsche.«
Versöhnlicher setzte sie hinzu: »Ich wüsste selbst gerne, was
das alles bedeutet.«

Die Kommissarin hatte ihren Ausbruch ungerührt verfolgt. »Sie wissen, dass die Ermittlungen unsere Aufgabe sind.
Mischen Sie sich auf keinen Fall ein. Falls Ihnen noch was
einfällt, melden Sie sich bei uns – und zwar umgehend. Umgehend wie in ›sofort‹.«

Ella wusste nicht, ob ihr Ausbruch ihr geschadet hatte oder

vielmehr die Marx davon überzeugt, dass sie keine Ahnung hatte, was Victoria geplant hatte. Sie war froh, das Polizeirevier verlassen zu können.

Später ärgerte sie sich, dass sie nicht die Gelegenheit genutzt hatte, um Siegfried Schulz-Tondorf wegen Wilderei und Verstoß gegen den Artenschutz anzuzeigen. Nur zur Sicherheit, falls ihre Drohung nicht genügt hatte, ihn zur Selbstanzeige zu zwingen. Sie würde das telefonisch nachholen.

## 40

Als sich alle um den Besprechungstisch versammelt hatten, zog Claes eine Zeitung aus der Tasche. »Habt ihr die Rheinzeitung heute schon gesehen?« Er hielt das Blatt hoch, eine der Innenseiten war nach außen gefaltet.

»Mord in Daun: War Raubkunst das Motiv?« stand in großen Lettern über einem recht kurzen Artikel.

Tanja fluchte innerlich. Wer hatte diese Info durchgestochen? Sie griff sich die Zeitung und überflog den Artikel. Ein Matthias Reuter mutmaßte, dass das Motiv für den Mord an Victoria Taylor im Kunstraub zu vermuten war. Soweit sie es beim kurzen Durchlesen erkennen konnte, hatte er keine konkreten Anhaltspunkte. Der Großteil des Artikels bezog sich auf historische Fälle von Kunstraub. Es wirkte, als hätte der Journalist Zeilen schinden wollen, weil ihm Informationen fehlten. Immerhin etwas. Dabei würde die Presse nicht aufhören nachzuforschen. Sie mussten schneller ermitteln, um ungestört zu bleiben.

Ihr Handy klingelte. Unwillig fischte sie es aus der Tasche. Die Vorwahl wies auf eine Eifler Nummer hin, ihr unbekannt. Sie meldete sich mit »KHK Marx«.

»Guten Tag, hier Oberarzt Fischer vom Krankenhaus

Daun. Ich wollte Sie informieren, dass wir Herrn Taylor aus dem Koma geholt haben. Er wäre jetzt ansprechbar. Wenn Sie herkommen möchten ...«

»Wir kommen sofort!«

»Aber mehr als fünf Minuten sind nicht drin, der Patient ist noch sehr geschwächt.«

»Wir kommen!«

Sie machte Claes ein Zeichen, ihr zu folgen. Sie gingen runter, nahmen einen Streifenwagen und brachen sogleich auf.

Im Krankenhaus fragten sie sich zur Intensivstation durch, meldeten sich bei der Sprechanlage neben der Tür an und wurden eingelassen. Eine Schwester reichte ihnen grüne Kittel, Mundschutz und Häubchen sowie Einmalhandschuhe. Sie friemelten sich in die Schutzkleidung.

»Fünf Minuten, mehr nicht. Herr Taylor ist noch nicht über den Berg.« Die Schwester sah sie mahnend an.

Tanja nickte. Sie erinnerte sich an die Tage vor dem Tod der Mutter, als sie täglich auf der Intensivstation zu Besuch gewesen war. Dieser grüne Papierkittel brachte die Erinnerungen schlagartig zurück. Das bange Warten, die Wortlosigkeit am Krankenbett, die endlosen Grafen auf dem Monitor. Und dann die plötzliche Hektik des Personals, wenn eines der Geräte warnend piepte.

Die Schwester wies ihnen den Weg. Auf der Intensivstation standen die Türen der Krankenzimmer offen, damit jederzeit eingegriffen werden konnte, wenn es zu einer Notlage käme.

John Taylor war nur eine kleine Erhebung der Decke, der weiße, spärliche Haarschopf schaute kaum hervor.

»Herr Taylor?«, fragte Tanja halblaut. Claes hielt sich hinter ihr.

Sie stellten sich vor.

Der Mann bewegte sich, jetzt tauchte sein Gesicht unter der Bettdecke hervor. Es wirkte eingefallen. Die Haut hatte eine gelbliche Farbe angenommen.

»Wir haben nur eine Frage: Wie kam es zu dem Unfall?«

»Unfall«, wiederholte Taylor. Dann schüttelte ihn ein Hustenkrampf.

Tanja blickte Claes hilfesuchend an. Dessen Blick schweifte unsicher ab.

»Herr Taylor, was ist dort draußen passiert, bevor Sie angeschossen wurden?«

Der Patient hatte aufgehört zu husten. Eine magere Hand tauchte unter der Decke hervor und bewegte sich zitternd in Richtung Nachttisch, wo ein Plastikbecher mit Wasser stand.

Tanja nahm den Becher, setzte ihn Taylor an die Lippen und neigte ihn vorsichtig.

Taylor beugte sich etwas vor, trank zwei Schlucke und sank auf sein Kissen zurück.

»Ich weiß nicht, was passiert ist«, meinte Tanja seine Worte zu verstehen. Der Greis zog die Decke wieder bis zur Nase herauf, sodass nur noch die weißen Haarfedern zu sehen waren.

Die Schwester stand im Türrahmen. »Das reicht. Der Patient darf sich nicht aufregen, auf gar keinen Fall. Sie müssen jetzt gehen.«

## 41

Stefan Schreiner schob die Liste mit einer weiten Bewegung von sich. »Diese Werke sind nicht in unserem Besitz. Ich kenne die Titel nicht.«

Tanja schaute den Museumsleiter stirnrunzelnd an. Sagte er die Wahrheit?

Claes räusperte sich, als wollte er was sagen, schwieg dann aber.

Schreiner erhob sich. »Wir besitzen genau zwölf Werke

von Melzer, die sind hier auch mit ›Blankenheim‹ richtig angegeben.«

Sein Zeigefinger hackte auf die Liste ein. »Dieses, dieses
und dieses hängen gleich unten am Eingang, vielleicht sind
sie Ihnen aufgefallen.« Er wippte auf den Fußballen. »Die
anderen sind wohlbehalten in unserem Lager. Wenn Sie jetzt
verzeihen, ich habe zu tun.«

Tanja wollte ihn nicht so einfach davonkommen lassen.
»Waren das die Werke, die Frau Taylor zurückgefordert hat?«

»Genau, und kein einziges mehr. Nun ist sie ja verstorben,
hat sie überhaupt Erben?«

Tanja überlegte, dass die Bilder, falls sie der Familie des
Malers zustanden, an John Taylor fallen würden. Wenn
der überlebte. Zwar hatte sich sein Zustand gebessert, aber
heute Morgen hatte er einen labilen Eindruck gemacht. Sie
beschloss, sich nicht in den Streit um die Kunstwerke einzu-
mischen. Sie interessierte etwas anderes.

»Sie sagten, dass Frau Taylor Sie gegen achtzehn Uhr verlassen hat, ist das richtig?«

»Genau so war es. Ich beeilte mich, nach Hause zu kommen, meine Frau wartete schon mit dem Essen auf mich.«

»Wo ist Frau Taylor anschließend hingegangen?«

»Das sagte ich schon, ich weiß es nicht.«

Der Taxifahrer, der Victoria Taylor nach Daun ins Hotel
gefahren hatte, hatte ausgesagt, dass er sie in der Ahrstraße
in Blankenheim abgeholt hatte, gleich beim Eifelmuseum um
die Ecke. Sie sei zwar nicht betrunken gewesen, habe jedoch
nach Alkohol gerochen. Vermutlich der Grund, wieso sie
überhaupt das Taxi gewählt hatte anstatt des Mietwagens.

Sie verabschiedeten sich. »Wir kommen nicht drum rum,
die gastronomischen Einrichtungen im Umkreis abzuklap-
pern.« Die Auswahl war zum Glück nicht groß. Das Mu-
seumscafé und ein weiterer Laden schlossen nachmittags.
Eine Kaschemme in einer Seitenstraße sah nicht nach einer
Location aus, die eine Londoner Galeristin freiwillig betreten

würde. Der Vollständigkeit halber fragten sie hier nach, aber der Wirt betrachtete sie aus müden Augen, grunzte und sagte, er habe noch nie eine Engländerin bewirtet.

»Bleibt nur eine weitere Möglichkeit.« Tanja wies auf eine Treppe, die zum Eingang des Bistros ›Landlust‹ führte. »Versuchen wir es hier.«

»Wir könnten auch was essen«, schlug Claes vor.

Tanja merkte, dass ihr Magen leer war. Sie traten in den Gastraum, dessen Wände unverputzt waren und historisches Mauerwerk zeigten. Eine Frau mittleren Alters begrüßte sie freundlich, aber etwas scheu.

Sie nahmen Platz und bestellten. Als die Frau ihnen eine Flasche Wasser und Gläser brachte, identifizierte Tanja sich als Polizistin und bat um ein kurzes Gespräch.

»Ja?« Die Frau blieb an ihrem Tisch stehen.

Tanja zückte ihr Handy und zeigte ein Bild von Victoria Taylor.

»Haben Sie diese Person schon einmal gesehen?«

Die Frau trat kurz an die Theke, setzte eine Brille auf und kehrte zurück. Sie beugte sich über das Mobiltelefon und betrachtete das Foto.

»Sie hat letzten Samstag hier gegessen.«

Tanja war ein wenig verblüfft über die klare Auskunft. Doch schnell fasste sie sich: »Wann ungefähr?«

»Sie kam gegen sechs, würde ich sagen. Ich erinnere mich genau an sie, weil sie diesen teuren Wein bestellt hatte. Unseren guten Ahrwein.«

»Und wann ist sie gegangen?«

»Kurz vor acht. Sie hat sich ein Taxi gerufen, denn mit ihrem Vater hat sie sich gestritten. Sie war ziemlich wütend, als sie ging.«

Tanja dachte kurz an John Taylor, der zu der Zeit im Koma im Krankenhaus gelegen hatte. Ganz sicher war er nicht mit seiner Tochter in diesem Bistro essen gewesen. »Mit ihrem Vater?«

»Sie kam in Begleitung eines älteren Herren. Ich nahm an, es wäre ihr Vater. Erst haben sie sich nett unterhalten, dann fürchterlich gestritten. Sie ist aufgesprungen und rausgerannt. Vor der Tür hat sie ihr Handy rausgeholt, und ich habe gehört, dass sie ein Taxi rief.«

»Und der Mann?«

»Der war sauer, weil er die Rechnung alleine begleichen musste. Wobei doch der Wein so teuer ist. Ich war froh, als er endlich ging, denn es war schon nach zwanzig Uhr, und da schließen wir eigentlich.«

»Hat er mit Karte gezahlt?«

Sie überlegte. »Nein, das machen nur die Touristen.«

»Er war also von hier? Kannten Sie ihn?«

»Nein, aber er sprach wie einer von hier.«

Dieses unverständliche Eifler Platt also. Zu schade, dass er nicht mit Karte bezahlt hatte, dann hätten sie jetzt seine Daten. »Können Sie den Herrn beschreiben?«

Die Frau nickte.

»Wir essen, und dann kommen Sie bitte mit zu uns aufs Revier, wir protokollieren Ihre Aussage und werden ein Phantombild erstellen.«


## 42

Tanja schnupperte. Es roch nach alter Wäsche und gammeligem Essen. Als sie die Küche betrat, wusste sie, warum. Vater hatte nicht abgewaschen, sondern das dreckige Geschirr einfach in die Spüle gestellt.

Mit zusammengebissenen Zähnen räumte sie die Teller und Gläser in die Spülmaschine. Aufgerissene Packungen von Fertiggerichten beförderte sie in den Mülleimer. Sie presste sie zusammen, da die Tüte bereits überlief.

Dann ging sie ins Wohnzimmer, wo Vater vor dem Fernseher saß, der eine Quizshow zeigte.

»Du musst was Richtiges essen, so geht das nicht.«

Paps griff abwesend in die Chipstüte und stopfte sich den Mund voll.

Tanja drehte sich um, spähte durch den Türspalt ins Schlafzimmer und seufzte auf. Neben dem Bett lag ein Haufen Unterhosen und ein paar T-Shirts. Sie ging hinein und hob die Kleidung auf. Ihr Blick fiel auf den Nachttisch. Ihre Mutter lächelte ihr entgegen. Das Bild war viele Jahre alt, Mutter wirkte entspannt und sogar fröhlich. Es war im Garten aufgenommen. Tanja erinnerte sich nicht, ihre Mutter so locker erlebt zu haben. Meistens hatte sie an ihr herumgenörgelt oder sie zur Vorsicht ermahnt.

Sie raffte die Kleider an sich, brachte sie in den Abstellraum neben der Küche und stopfte sie in die Waschmaschine. Dann kehrte sie ins Wohnzimmer zurück und ließ sich neben ihrem Vater aufs Sofa sacken.

Ihr Telefon gab einen Bimmelton von sich. Sie zog es aus der Tasche. »Wie läuft's?«, wollte Frank wissen.

Sie zögerte. Sollte sie ihn mit Vorwürfen überhäufen? Von wegen Waschmaschine nicht angestellt, Geschirr nicht gespült, Fertignahrung gekauft? Aber das hatte ihr Bruder nicht verdient. Sie schaute zu Vater herüber, der den Anruf nicht zur Notiz nahm, sondern weiter auf den Fernseher mit der dümmlichen Quizshow guckte. Tanja war sich sicher, dass er nicht darüber nachdachte, ob Antwort a, b oder c richtig war.

»Das geht so nicht weiter«, brach es aus ihr heraus. »Wir müssen uns unterhalten.«

Sie merkte, wie Frank innerlich aufstöhnte. Aber auch er ließ seinen Frust nicht an ihr ab. »Da hast du wohl recht. Lass uns sehen, wie wir die Woche zu Ende bringen.« Es klang wie »überstehen«. »Dann setzen wir uns am Samstag oder Sonntag zusammen.«

»So machen wir es«, stimmte Tanja zu. Sie überschlug, wie

es mit ihrer Zeit aussah. Doch planen konnte sie in ihrem Job nicht. Da lief ein Mörder rum, und sie hatte keine Ahnung, was sein Motiv war oder in welcher Beziehung er zum Opfer stand. Da Victoria gerade erst in der Eifel angekommen war, konnte sie sich noch keine Todfeinde gemacht haben. Andererseits erschien es unwahrscheinlich, dass ihr jemand aus London nachreiste, um sie in einem abgelegenen Hotel zu erstechen. Das Motiv musste hier zu finden sein.

Und dann war da noch Victorias Vater, den ein greiser Jäger angeschossen hatte. Tanja zwang sich, unvoreingenommen zu denken. Das konnte, musste aber nicht mit dem Mord an Victoria zu tun haben. Sie nahm sich vor, mit den Kollegen morgen noch einmal alles zu durchdenken.

Ihr Vater erhob sich mühsam vom Sofa und schlurfte in Richtung Toilette. Sie bemerkte, dass sein Gürtel offen herunterhing. Er war zu träge gewesen, ihn zuzuschnallen. Sie sagte nichts, um ihn nicht zu beschämen. Nur wenn er im selben Zustand aus dem Bad zurückkehrte, würde sie ihn darauf aufmerksam machen, nahm sie sich vor.

Tanja ergriff die Gelegenheit und nahm die Fernbedienung, zappte durch die Kanäle, in der Hoffnung, ein weniger stupides Programm zu finden. Sie blieb bei einem Sportkanal hängen, der ein Fußballspiel übertrug. Bevor sie sich orientieren konnte, wer gegen wen spielte und wie der Stand war, hörte sie ein Rumpeln.

»Paps!« Sie sprang auf und lief in den Flur.

Dort kniete ihr Vater auf dem Boden, langte nach der Kommode und versuchte mühsam, sich aufzurichten.

Sie eilte zu ihm, griff ihm unter den Arm und half ihm hoch. »Was machst du denn für Sachen?«

»Ist nichts«, knurrte er. Seine Stimme hörte sich eingerostet an.

Ihr wurde bewusst, dass er keine drei Worte gesprochen hatte, seit sie gekommen war.

»So geht das nicht weiter!« Sie sah Paps schon hilflos auf

dem Boden liegen, ohne Telefon, während sie und Frank ihrer Arbeit nachgingen und nichts mitbekamen. Er konnte sich die Knochen brechen. »Du musst in ein Heim«, rutschte es ihr heraus.

»Auf keinen Fall. Das kommt nicht in Frage. Eher bringe ich mich um.« Ihr Vater sprach auf einmal klar, deutlich und bestimmt.


## 43

Ella saß bei ihrem morgendlichen Kaffee und bewunderte die Aussicht. Es war ein wenig diesig, die Temperatur war weiter gesunken, aber dennoch genoss sie den Blick aus dem Wohnzimmerfenster über die Wälder.

Als sie das Klappern des Briefkastens hörte, zuckte sie zusammen. Seitdem sie den blutigen Fuchskopf gefunden hatte, graute ihr davor, nach der Post zu sehen.

Doch seither war nichts Außergewöhnliches passiert. Sie gab sich einen Ruck, stellte die Tasse ab, ging zur Tür und hinaus in den Hof. Ihre Ängste waren unbegründet gewesen. Auch heute steckte nur das kostenlose Wochenblatt im Briefkasten. Ohnehin erhielt sie normalerweise nur Rechnungen oder Reklame.

Das Anzeigenblatt nahm sie mit rein, legte es auf den Küchentisch und bereitete sich ein Käsebrot zu. Während sie frühstückte, wobei Rocco sie mit bettelndem Blick beobachtete, blätterte sie durch die Zeitung, die sich durch Tippfehler, schlechte Fotos und ein wildes Sammelsurium von Geschichten aus der Umgebung auszeichnete. Neben einem Bericht über das aktuelle Rennen am Nürburgring grinsten ihr die Gesichter frischgebackener Azubis entgegen, die mit einem Förderpreis ausgezeichnet worden waren.

Auf einmal blieb ihr Blick an einem Text hängen, den sie wegen der übergroßen Anzeige eines Gartencenters fast übersehen hätte.

»Mann überlebt Jagdunfall«. In wenigen Worten verriet der Artikel, dass das Opfer des Jagdunfalls von vor zwei Wochen aus dem Koma erwacht sei. Der Zweiundneunzigjährige sei außer Lebensgefahr, müsse jedoch noch im Krankenhaus bleiben.

Rocco stupste sie unter dem Tisch an. »Ja, mein Lieber, ich sollte mich mal bewegen«, sagte sie geistesabwesend und streichelte die samtigen Ohren des Schäferhunds.

Die Katze, für die Ella immer noch keinen Namen gefunden hatte, wurde eifersüchtig und drängte sich an ihre Beine. Auch sie bekam ihre Streicheleinheit.

Als sie ihren Kaffee ausgetrunken hatte, machte sie sich auf den Weg ins Krankenhaus. Rocco war enttäuscht, dass er nicht mitkommen durfte, und verzog sich auf sein Kissen, wobei er ihr demonstrativ den Hintern zuwandte. Die Katze drängte sich neben ihn auf der Suche nach Körperwärme. Fast tat es Ella ein wenig leid, die Tiere zu verlassen, aber sie sagte sich, dass John wichtiger war. Sie würde gern wissen, wer der Mensch war, den sie an ihrem Kraftort gefunden und vermutlich gerettet hatte.

Der Weg nach Daun war schnell zurückgelegt. Diesmal hatte Ella keine Probleme, zu John vorgelassen zu werden. Der alte Mann atmete ruhig, er schien zu schlafen. Als sie sich leise neben sein Bett setzte, schlug er die Augen auf. Graue tief liegende Augen, die sich nicht auf die Besucherin fixierten.

Ella sprach mit sanfter Stimme. »Guten Tag, Herr Taylor. Schön, dass Sie wieder wach sind.«

Er verzog den Mund, es war unklar, ob es ein Lächeln sein sollte oder der Versuch zu sprechen.

Ella stellte sich vor. Als sie erzählte, wie sie ihn gefunden hatte, geschah etwas mit dem Jäger. Er richtete seinen Blick jetzt bewusst auf sie. Ella nickte ihm freundlich zu.

»Sie haben mich gerettet.« Die Stimme des Mannes war leise und brüchig. Er räusperte sich, schien mehr sagen zu wollen. Auf seinem Nachttisch stand ein Glas mit Wasser. Ella reichte es ihm, half ihm beim Trinken.

Er nahm zwei, drei Schlucke, dann wehrte er mit der Hand ab, und Ella stellte das Glas zurück.

»Was haben Sie an dem See gemacht? Da ist sonst niemand«, sagte John. Seine Stimme klang jetzt besser. Das Wasser hatte seine ausgetrocknete Kehle befeuchtet.

Ella überlegte, ob sie von der Visionssuche erzählen sollte. Das war vielleicht eine zu abenteuerliche Geschichte. Wer weiß, ob John nach der Narkose und dem langen Koma überhaupt ganz klar im Kopf war. Es brauchte sicher eine Zeit, die Betäubungsmittel im Körper abzubauen. Sie entschied sich für die halbe Wahrheit. »Ich habe einen Wolf dort oben gesichtet. Ihn eine Weile beobachtet. Dann wurde auf ihn geschossen.« Sie merkte selbst, wie entrüstet sie klang.

»Keine Wölfe hier.« John war anzumerken, dass ihn das Sprechen anstrengte. »Hund.«

»Ich bin sicher, dass es ein Wolf war. Ein Jäger hat auf ihn geschossen. Dabei müsste man doch durch das Zielfernrohr sehen …«

»Hund. Hund von Schreiner. Wildert.«

Ella gab es auf, die Sache mit dem Wolf zu erklären. Sie dachte an diesen intensiven Moment zurück, als ihr das Krafttier erschienen war. Nachher würde sie zur Kasselburg fahren, um nach ihm zu schauen.

»Sicher Siegfried. Er hasst wildernde Hunde.« John streckte seine faltige Hand wieder nach dem Wasserglas aus. Seine Hand zitterte und erreichte den Nachttisch nicht. Wieder half Ella ihm.

Bei der Erwähnung von Siegfried fiel Ella ein, dass sie ihn anzeigen wollte. Wenn er bereits eine Selbstanzeige gestellt hatte, gut für ihn. Wenn nicht … Sie hatte kein Mitleid mit jemandem, der wild um sich ballerte.

Als John getrunken hatte, sagte er: »Meine Katze. Braucht Futter. Keiner da. Meine Tochter lebt in England. Keine Nachbarn. Machst du das?« Er duzte Ella ganz natürlich.

Er schien nicht zu wissen, dass Victoria nach Deutschland gekommen war. Klar, da hatte er im Koma gelegen. Ella krampfte das Herz zusammen beim Gedanken, dass er bald vom Tod der Tochter erfahren würde.

Sie nickte. Auf der Heimfahrt konnte sie bei seinem Haus vorbeifahren, das war kein Problem.

Der Jäger wies auf den Wandschrank. »Jackentasche, Schlüssel.« Dann nannte er eine Adresse in Dorsel.

Den Ort kannte sie, weil sie dort Reitstunden genommen hatte. Damals – war es nicht erst letztes Jahr gewesen? –, als sie die Idee gehabt hatte, sich ein Pferd zu kaufen. Schon bald hatte sie erkannt, dass die Verantwortung für so ein Tier sie überfordern würde.

Ella versprach, vorbeizufahren und die Katze zu füttern. Wenn John sich erholte, dann nur, um vom nächsten Schicksalsschlag zu erfahren, dem Tod seiner Tochter. Es war das Mindeste, ihm jetzt zu helfen.


## 44

Peter war noch nicht ganz wach, aber Kollegin Marx hatte schon den Computer hochgefahren und klickte mit der Maus herum, als er ins Revier kam. Er hatte keine Zeit, sich zu setzen.

»Schau mal!« Die Marx drehte den Monitor, sodass er das Bild sehen konnte.

»Den kenn ich doch«, entfuhr es ihm. Das Phantombild zeigte niemand anderen als Siegfried Schulz-Tondorf, den greisen Jäger aus Hoffeld. Das hagere Gesicht des Mannes, seine etwas eingefallenen, aber wachen Augen – alles stimmte.

»Eben!« Die Kollegin triumphierte. »Die Wirtin aus dem Bistro in Blankenheim hat einen guten Blick für Menschen. Zusammen mit unserem Grafiker hat sie dieses Porträt geschaffen, das nun wirklich keine Fragen offenlässt.«

»Fast besser als ein Foto«, stimmte Peter zu. In Gedanken ging er durch, was sie bisher wussten. Zögernd meinte er: »Ist allerdings kein Wunder, dass sie sich gestritten haben. Schulz-Tondorf hat ihren Vater angeschossen, vielleicht hat er ihr das gestanden, und sie hat sich furchtbar aufgeregt.«

Die Ermittlerin seufzte. »Die Taylor ließ ihn auf der Rechnung sitzen, aber das ist kein Grund für einen Mord.«

»Sein Alibi ist wasserdicht. Er hat den Vortrag in der Burg Vogelsang gehalten, dann mit seinen Anhängern gebechert, und dieser Gruber hat ihn nach Hause gefahren, wo sie erst gegen ein Uhr morgens eintrafen. Becker hat das überprüft.«

»Der Museumsleiter scheidet auch aus. Seine Frau hat bestätigt, dass er kurz nach achtzehn Uhr nach Hause kam und dann nicht mehr weggegangen ist.«

»Seine Frau könnte befangen sein.«

»Wir sind ja nicht dumm und haben auch die Nachbarn befragt. Du weißt doch, wie es hier läuft …«

»Sicherer als eine Kameraüberwachung.« Tanja Marx grinste schief. »Der kann es also auch nicht gewesen sein. Wir stehen da wie am Anfang. Haufenweise Verdächtige, aber alle haben ein Alibi. Wir müssen tiefer graben.«

»Stichwort Kamera: Hat sich das LKA gemeldet?«

»Das hätte ich fast vergessen.« Die Marx tippte auf ihrem Computer herum. »Die haben die Auflösung des Videos erhöht, mit der Belichtung herumgespielt und Pixel ergänzt. Hier ist das Ergebnis.« Wieder drehte sie den Bildschirm in seine Richtung.

Die Aufnahme war schemenhaft geblieben, die Person jedoch etwas besser erkennbar.

»Ein Mann, würde ich sagen.« Peter war sich nicht sicher, die Person war mittelgroß, mittelschlank und trug eine Jeans, eine Art Bomberjacke mit Kapuze und eine Baseballkappe. Durch den Schirm der Cap lag das Gesicht in einem tiefen Schatten, an dem auch die Versuche der Experten nichts hatten ändern können.

»Oder eine stämmige Frau. Diese Jacken tragen auch Frauen.«

»Jedenfalls könnte der Knopf, den wir gefunden haben, von so einer Jacke stammen. Die haben einen Reißverschluss, aber manche haben darüber eine Leiste mit Knöpfen als Windschutz. An den Ärmeln könnten auch Knöpfe sein.«

»Wenn wir die Jacke haben, haben wir auch den Täter.«

»Wenn es nur so einfach wäre … Unsere Ermittlungen haben ergeben, dass es Millionen solcher Knöpfe gibt.«

»Wir müssen das Netz weiter aufziehen. Lass uns noch mal alles durchgehen. Wer hatte mit Victoria Taylor zu tun? Was ist mit dieser Liste? Die anderen Werke, die nicht im Museum Blankenheim sind? Jeder, der eines der Kunstwerke besitzt, die Victoria zurückforderte, hat ein Motiv.«

»Sind die Werke so viel wert? Das war doch anscheinend ein eher unbedeutender Eifelmaler?« Peter sah sich schon die ganzen Namen der vermutlichen Besitzer abklappern. Die Liste war ziemlich lang.

Die Marx zuckte die Schultern. »Wir gehen systematisch vor und drehen jeden Stein um. Anders haben wir keine Chance. Lass uns die Adressen aufteilen.«

Peter überlegte, ob er seine geliebte Triumph aus der Garage holen sollte. Dann könnte er das Nützliche mit dem Angenehmen verbinden und diese Kunstliebhaber mit dem Motorrad aufsuchen. Falls es nicht mit Telefonaten getan wäre. Wenn er an die Bonneville dachte, bekam er Sehnsucht nach dem Frühling.

## 45

Das Haus lag in einer Senke, am Rand des Dorfes. Eine Hecke aus Schlehen, Weißdorn und Holunder umrahmte den Garten so dicht, dass man nicht hineinsehen konnte. Ein Briefkasten, aus dem Briefe und Zeitungen herausquollen, hing an dem hellblauen Zaun.

Ella holte den Schlüsselbund aus der Tasche, den John ihr anvertraut hatte. Der große Schlüssel passte ins Gartentor. Es öffnete sich, ohne zu quietschen.

Ella trat hindurch und blieb erst mal stehen, um den Garten zu bewundern. Jetzt, im Februar, blühte nichts außer einer großen Christrose, aber zahlreiche Gräser und Stauden sorgten für eine abwechslungsreiche Gestaltung. Ein Schwarm Distelfinken, der an Samenständen gepickt hatte, flog hastig auf, als sie sich näherte. Der Garten erinnerte sie sehr an ihren eigenen, in dem neben den Zierpflanzen alle möglichen Wildkräuter ihren Platz finden durften. Sie konnte sich vorstellen, wie farbenfroh es hier im Sommer aussehen würde.

Sie ging vor zur Tür, die mit mehreren Schlössern gesichert war. Sie musste einige Schlüssel durchprobieren, bis sie den jeweils richtigen gefunden hatte. So mancher Eifelbewohner ließ seine Haustür unverschlossen, aber John ging offenbar auf Nummer sicher. Die Fenster des Erdgeschosses waren mit schmiedeeisernen Ziergittern versehen.

Kaum hatte sie den Flur betreten, schoss eine grau getigerte Katze auf sie zu und maunzte laut. Ella sprach beruhigend auf das Tier ein. In der Küche fand sie den Futter- und Wassernapf leer vor. Das Tier musste Hunger und Durst haben. Im Kühlschrank fand sie eine Dose Futter, die nicht mehr wirklich frisch aussah. Ella entsorgte mit wenigen Griffen einen angeschimmelten Joghurt und verdorbenes Hackfleisch. Wenn John irgendwann in seine Wohnung zurückkehren könnte, sollte er keine Schweinereien vorfinden.

Sie schaute in einige Küchenschränke, bis sie einen Vorrat

mit Katzenfutter fand. Sie öffnete eine der Konserven, füllte den Napf und gab auch Wasser. Die Katze strich um ihre Beine und stürzte sich auf ihr Futter.

Ella nahm sich vor, einen Nachbarn zu bitten, sich um das Tier zu kümmern. Das war sicher in Johns Sinn. Mitnehmen konnte sie das Tier nicht, ihr Kater würde sein Revier verteidigen. Katzen verpflanzte man nicht so einfach.

Sie schaute sich neugierig um. Die Küche wirkte zweckmäßig, aber hochwertig. Neben der Kühlgefrierkombination standen ein Herd mit Ceranfeld und eine Waschmaschine, alles von einer bekannten Marke.

Ella fühlte sich wie ein Eindringling. Sie strich der Katze über den Rücken und verließ die Küche, wandte sich noch einmal um, ob alles seine Richtigkeit hatte. Dabei fiel ihr etwas Glänzendes am Türrahmen auf. Sie blickte genauer hin.

Auf Höhe ihres Oberarmes befand sich eine längliche Metallkapsel am rechten Türpfosten. Sie hing etwas schräg.

Ella berührte das geheimnisvolle Etwas mit den Fingern und spürte Einprägungen. Im Halbdunkel des Flurs konnte sie diese nicht erkennen, daher zückte sie ihr Handy und beleuchtete den Türrahmen mit der integrierten Taschenlampe. Schriftzeichen! Sie konnte nicht lesen, was in das metallene Kästchen eingraviert war. Schnell machte sie ein Foto davon. Wenn es John besser ginge, würde sie ihn danach fragen.

Wieder überkam sie das Gefühl, ein Fremdkörper in dieser Wohnung zu sein. Sie ging und schloss die Haustür hinter sich ab.

Am Gartentor fiel ihr wieder der überquellende Briefkasten auf. Die heraushängende Post war schon durchfeuchtet. Kurz entschlossen zog sie den Schlüsselbund wieder hervor. Da war doch so ein kleiner Schlüssel gewesen. Der passte zum Briefkasten. Als sie ihn öffnete, fielen einige Briefe zu Boden. Ella sammelte die Post ein und stapelte sie, die große Packung mit der Reklame zuunterst, die Briefe obenauf. Dabei fiel ihr Auge auf das Adressfeld. Was war das? Neben Briefen für John Taylor gab es auch einen für Johannes Melzer. Sie wollte wirklich nicht neugierig sein, aber irgendetwas zwang sie, die Post erneut durchzuschauen. Alle Briefe waren an John, einer an diesen Johannes Melzer adressiert. Das ging sie nichts an. Sie öffnete noch einmal die Schlösser an der Haustür, ging in die Küche und legte den Stapel mit der Post auf den Tisch.

Die Katze maunzte und schaute sie erwartungsvoll an. Ella streichelte sie ein weiteres Mal, mehr konnte sie nicht tun.

Als sie das Grundstück verließ, schaute sie wiederum zum Briefkasten. Auf dem kleinen Messingschild stand in der Tat nicht nur »J. Taylor«, sondern in etwas kleinerer Schrift auch »J. Melzer«.

Wer war Melzer? Irgendwas rumorte in ihrem Unterbewusstsein, aber kam ihr nicht in den Sinn. Wenn dieser Melzer hier wohnte, wieso versorgte er die Katze nicht? Ella sagte sich nachdrücklich, dass sie das nichts anging. Sie würde John auch nicht danach fragen, das wäre unverschämt. Trotzdem ließ ihr die Sache keine Ruhe. Sie sagte sich, dass ihr Hirn unterversorgt war, wenn es seine Gedanken um solche Nebensächlichkeiten kreisen ließ. Sie sollte die Frankfurter Consulting anrufen und darum bitten, ein Gutachten zu übernehmen. Dann wäre sie beschäftigt. Das würde außerdem ihr Konto füllen.

## 46

»Mesusa« stand in der Trefferliste. Ella hatte das Bild der Metallkapsel an Johns Küchentür durch ein Programm für Bilderkennung laufen lassen. Diese Apps arbeiteten inzwischen zuverlässig, und so erfuhr sie, dass John nach jüdischer Tradition seine Wohnung mit einer Mesusa geschützt hatte.

John war also jüdischen Glaubens. Änderte das etwas an dem Geschehenen? Ella mahnte sich, nicht in vorgefertigten Bahnen zu denken. Die Religion spielte doch bei einem Jagdunfall keine Rolle. Wenn es aber kein Unfall war, hatte sie dann eine Bedeutung? Sie beschloss, John selbst behutsam auszufragen. Wenn es denn möglich war, mehr als einsilbige Antworten von ihm zu bekommen. Wenn er denn wieder zu Kräften gekommen war.

Und was war mit Victoria? Sie erinnerte sich dunkel, dass das Judentum über die maternale Linie vererbt wurde. Es kam also auf die Glaubensrichtung von Victorias Mutter an, nicht auf John. Sie grübelte noch ein wenig und streichelte den Kater, der auf ihren Schoß gesprungen war.

Sie recherchierte weiter zur Bedeutung einer Mesusa und war immer faszinierter. Die Kapsel enthielt offenbar eine Schriftrolle mit einem Spruch, der nur von einem ausgebildeten Schreiber in Schönschrift auf Hebräisch aufgetragen wurde. Dazu musste ein Gänsekiel oder eine andere Feder, die nicht aus Metall bestand, verwendet werden.

Regeln, die aus vergangenen Zeiten stammten und bis heute galten. Da der Spruch auf dem Pergament vergilben konnte, sollte eine Mesusa regelmäßig überprüft werden, ob sie nicht schadhaft geworden war. Sicher war es nicht so einfach, einen solchen Schreiber jüdischen Glaubens hier mitten in der Eifel aufzutreiben.

Ella fand auch eine Übersetzung der hebräischen Worte, die auf der Schriftrolle in der Mesusa aufbewahrt wurden: »Höre, Israel, der Ewige ist unser Gott, der Ewige ist einzig …« Damit begann die Aufschrift, die im Original genau aus siebenhundertdreizehn Buchstaben bestand.

Die Mesusa war eine Art Talisman, die ein Haus vor Katastrophen schützen sollte, sagte das schlaue Internet. Galt das nur für Brände, Hagelschlag und Ähnliches? Konnte man den Schuss auf John als Katastrophe bezeichnen? Ella grübelte. Immerhin hatte er John nicht in seinem Haus ereilt.

Dann verwarf sie ihre Gedanken. Ein ritueller Gegenstand war keine Gebäudeversicherung mit ellenlangem Kleingedrucktem. Bedeutsam war, dass John darauf vertraut oder zumindest Wert darauf gelegt hatte, sein Haus spirituell zu schützen. Wie immer war Ella fasziniert von den Feinheiten religiöser Vorschriften, auch wenn sie selbst keine beachtete. Sie lebte ganz nach ihrer Fasson eine Mischung verschiedener spiritueller Lehren, je nachdem, was ihr gerade passend erschien.

Jetzt schmunzelte sie, als sie las, dass die Mesusa absichtlich schräg angebracht wurde, um daran zu erinnern, dass nur Gott Dinge richtig und gerade machen konnte, der Mensch in seiner Unzulänglichkeit aber stets schiefe, ungerade Handlungen ausübte.

Das entsprach ganz ihrer Lebenserfahrung – Makellosigkeit gab es nicht im menschlichen Schaffen. Immer wenn sie versucht hatte, perfekt zu sein, war sie gescheitert. Nicht zuletzt ihr Burn-out hatte sie dem Wunsch zu verdanken, ihre Arbeit als Consultant in Frankfurt fehlerfrei auszuführen.

Rocco stupste sie an. Der Kater angelte mit seiner Pfote nach dem Hund, der sich duckte.

Ella kam wieder ins Hier und Jetzt zurück. Sie würde John behutsam ausfragen, wer Melzer war, wenn sie ihn das nächste Mal im Krankenhaus besuchte.

## 47

»Du hättest Kontakt mit anderen Leuten«, sagte Tanja. »Jeden Tag würde es warmes Essen geben. Und sicher gäbe es auch Angebote für Sport und Kultur.«

»Bastelabende!«, schnaubte ihr Vater verächtlich. »Und lauter alte Leute.«

»Aber schau mal, wenn ich neulich nicht da gewesen wäre, als du gestürzt bist ...«

Er knurrte etwas Unbestimmtes, griff nach der Fernbedienung und machte das Fernsehen an. Auf dem Bildschirm erschien eine Realityshow mit Autobahnpolizisten.

Die Fernbedienung glitt ihm aus der Hand, sie fing sie auf und legte sie auf den Tisch.

Tanja beobachtete, wie die TV-Kollegen einen Fernfahrer anhielten und seine Papiere kontrollierten. Sie fragte sich, wieso jemand den Arbeitsalltag anderer Leute so spannend fand, dass er solche Sendungen einschaltete. Aber vielleicht waren die Zuschauer alle vom Typ ihres Vaters, der einfach nur ein wenig Leben in seiner Wohnung brauchte. Als sie gekommen war, hatte sie die Wäsche, die sie gestern in die Waschmaschine gesteckt hatte, noch in der Trommel vorgefunden. Aus Angst, dass sich Schimmel gebildet hatte, hatte sie die Maschine gleich wieder in Gang gesetzt. Jetzt rumorte sie in der Küche vor sich hin. Tanja sah sich gezwungen zu bleiben, bis das Programm abgelaufen war und sie die Kleidung zum Trocknen aufhängen konnte. Das würde noch dauern.

So konnte es nicht weitergehen. Sie hatte nicht die Zeit, jeden Abend bei Paps vorbeizuschauen. Er brauchte eine zuverlässige Betreuung. Und sie ein ruhiges Gewissen.

»Wenn du hinfällst und dir was brichst ...«

Als sie seinen Blick sah, formulierte sie um: »... oder dir auch nur den Knöchel verstauchst, was willst du dann machen? Du liegst hier auf dem Boden, und keiner kann dir helfen.«

»Du willst mich bloß loswerden.« Vater nahm erneut die Fernbedienung zur Hand und schaltete auf einen anderen Kanal. Dort waren selbst ernannte Heimwerker damit beschäftigt, einen Garten umzugestalten. Dafür erhielten sie Punkte von einer Moderatorin.

Tanja stand auf und ging in die Küche. Voller Inbrunst hackte sie Zwiebeln, briet sie an und mischte Hackfleisch darunter. In einem anderen Topf ließ sie Wasser aufkochen und gab Spaghetti hinein. Dabei überlegte sie, wie sie ihrem Vater einen Umzug in ein Heim schmackhaft machen konnte. Ihr fiel nichts ein.

Später saßen sie schweigend am Tisch und aßen Nudeln mit Tomatensoße. Ihr Vater gab sich offenbar Mühe, aber er ließ die Hälfte seiner Portion übrig.

Tanjas Handy gab einen Signalton von sich. Sie schaute auf das Display. Eine Mail vom Kollegen Claes war eingetroffen. Dass der noch so spät arbeitete. Sie klickte auf das Symbol. »Auszug aus dem Waffenregister eingetroffen. Rate, auf wen eine Waffe Kaliber 8 x 57 zugelassen ist? John Taylor.«

Unwillkürlich pfiff Tanja durch die Zähne. Was war bei der Treibjagd passiert? Eine Kugel traf John, eine Kugel – vielleicht aus seiner Waffe – steckte in der Rinde eines Baums in der Nähe des Unfallorts. Falls man weiterhin von einem Unfall ausgehen wollte, was jeden Tag unwahrscheinlicher wurde.

»Jetzt lass mal deine Arbeit.«

Erstaunt blickte Tanja hoch. »Das ist aber wichtig.«

»Es muss auch mal Feierabend sein.«

»Wir haben einen komplizierten Fall, Dienst nach Vorschrift geht da nicht.« Sie holte Luft. »Schau mal, ich würde öfter vorbeikommen, aber ich schaffe es einfach nicht. In einem Heim wärst du versorgt und müsstest dich um nichts kümmern. Da gibt es wirklich schöne Einrichtungen und …«

»Ich sag dir mal eins.« Paps blickte sie an, und erstmals sah sie die tiefe Trauer in seinen Augen. »Ich habe gerade meine Frau verloren. Bitte habe Verständnis, wenn ich nicht alles im Griff habe. Gib mir Zeit. Nur ein bisschen Zeit, ist das zu viel verlangt?«

Tanja schaute verlegen zu Boden. So offen hatten sie bisher noch nicht miteinander über die Situation gesprochen. Als sie nicht antwortete, schlug ihr Vater vor: »Lass uns ein halbes Jahr warten. Bis dahin habe ich mich wieder im Griff. Wenn

nicht, bin ich bereit, mir ein Heim anzugucken. Abgemacht?«
Er hielt ihr die Hand hin.

Sie schlug ein.


## 48

Ella hatte es sich auf dem Sofa bequem gemacht, als das Telefon klingelte. »Ja?«

»John Taylor hier.« Die Stimme des Alten klang brüchig, aber fest.

»Wie schön, Sie zu hören. Wie geht es Ihnen?«

John überging ihre Frage. »Können Sie einem armen alten Mann einen Gefallen tun?«

Das war jetzt aber dick aufgetragen. Was wollte er von ihr? »Sicher«, sagte sie zögerlich. »Um die Katze kümmert sich jetzt die Nachbarin vom Haus weiter oben, aber wenn es sonst noch was zu tun gibt ...«

»Die Nachbarin?« Er schien entsetzt.

»Dafür sind Nachbarn doch da«, antwortete Ella, wobei ihr bewusst wurde, dass sie selbst nach einem Haus in Alleinlage gesucht hatte, als sie in die Eifel zog. Ihre Nachbarn lebten mindestens einen Kilometer entfernt, und sie sah sie kaum. John wohnte im Ortskern, aber er hatte sein Haus mit Schlössern gesichert wie eine Burg. Ob er überhaupt Kontakt hatte?

John gab nach: »Die Nachbarin füttert eh Freigängerkatzen, da kann sie auch nach meiner sehen.« Der Alte kniff die Lippen zusammen, dann fuhr er fort: »Könnten Sie noch mal nach der Post schauen? Ich gehe nämlich in eine Reha.«

»Das kann ich gerne machen. Und es freut mich, dass es Ihnen besser geht. Eine Reha ist ein Schritt nach vorne.« Sie war wirklich froh für den alten Herren, dass er offensichtlich nicht aufgab, sondern daran arbeitete, wieder auf die Beine zu kommen.

»Da wäre noch was.«

»Ja?«

»Wenn Sie bei mir sind, könnten Sie mir etwas aus meinem Haus mitbringen?«

»Natürlich.« Sie nahm an, dass er ein paar Kleidungsstücke oder persönliche Toilettenartikel benötigte. Für sie war es wenig Mühe, nach Dorsel zu fahren und nach der Katze zu schauen. Sie würde einfach ihren gewohnten Spaziergang mit Rocco dorthin verlegen. Auf die Dauer müsste man sich nach einer Lösung umschauen, aber für eine Weile ließe es sich einrichten. Ella rückte den Kater zur Seite, der sich schwer auf ihren Bauch gelegt hatte und sie störte. Wenn sie ihn nicht hätte, würde sie Johns Katze einfach zu ihr nach Hause holen. Aber ihr Kater war sicher eifersüchtig.

»Ich würde mich freuen, wenn Sie mir ein Bild mitbringen würden. Ich könnte es in der Rehaklinik in mein Zimmer hängen, und …« Er sprach langsamer, als überlegte er, was er sagen sollte. »Und ich würde mich wie in einer vertrauten Umgebung fühlen.«

Ella wunderte sich ein wenig über diesen Wunsch. In der Rehaklinik, die sie nach ihrem Burn-out besucht hatte, war das Zimmer so winzig gewesen, dass kaum Platz für ein Bild war. Dann erinnerte sie sich an Drucke mit Sinnsprüchen, die über dem Bett platziert waren. Die Retortenweisheiten auf den Bildern hatten sie jeden Morgen erneut demotiviert. Sie war nur zu träge gewesen, die Drucke für die Dauer ihres Aufenthalts zu entfernen. Vielleicht hatte John also recht, dass er etwas aus seinem Haus mitnahm, was ihm Kraft geben würde.

John beschrieb ihr, was auf dem Bild zu sehen war – eine Eifellandschaft – und wo es genau hing. »Seien Sie bitte vorsichtig, die Leinwand ist alt.« Er erging sich in Anweisungen, wie das Bild zu transportieren sei.

Ella sagte, sie werde es wie ihren Augapfel hüten und morgen bei ihm vorbeibringen. Sie verabschiedeten sich und legten auf.

Der Kater sprang auf und maunzte, um sie daran zu erinnern, dass es Zeit war, seinen Napf zu füllen. Gehorsam rappelte sich Ella auf und fütterte ihn wie auch Rocco.

Dann zog es sie an ihren Schreibtisch. Sie öffnete den Laptop und rief eine Suchmaschine auf. Wenn sie schon Johns Post durchstöbert hatte, könnte sie auch nachgucken, wer dieser Johannes Melzer war. Sie müsste John nicht ausfragen, wenn eine einfache Personensuche im Internet Informationen bringen würde.

Doch schnell zeigte sich, dass ein »Johannes Melzer« mit Wohnort Dorsel keinen digitalen Fußabdruck besaß. Auch ohne den Zusatz »Dorsel« war nichts über eine Person dieses Namens im weltweiten Datennetzwerk aufzufinden.

Dann klickte es bei Ella. »Ben Melzer!« Sie musste es laut ausgesprochen haben, denn Rocco kam aus der Küche angerannt, wo er seinen und den Napf des Katers gründlich sauber geleckt hatte. Erwartungsvoll schaute er zu ihr auf.

»Nein, wir gehen jetzt nicht raus.« Für Rocco hatte sie gerade keine Zeit. Ella war froh, dass ihr Gedächtnis präzise funktionierte. Sie hatte den Namen nur kurz geschrieben gesehen, und zwar auf dieser Liste, die die Kommissarin ihr hingehalten hatte. Eine Liste mit einem Werkverzeichnis, die auf dem USB-Stick hinterlegt war, der in einem Umschlag mit ihrem Namen drauf gefunden worden war.

Aufgeregt gab sie »Ben Melzer« in die Suchmaske ein. Sofort poppte eine Liste mit Einträgen auf. Gleich der erste lautete: »Ben Melzer, Eifelmaler, 1896 Düren – 1939 Buchenwald«.

## 49

»Herrn Taylor geht es viel besser.« Die Schwester, die sie über den Flur der Inneren begleitete, strahlte sie an. »Unser Sozialdienst konnte ihm eine Reha gleich Montag besorgen, das ist ein Glücksfall, dass was frei war.«

Tanja war froh, dass sie sofort hergekommen waren, als die Nachricht sie erreicht hatte, dass der Patient jetzt ansprechbar sei.

John hatte ein Einzelzimmer. Kollege Claes lehnte sich an das Tischchen am Fußende des Betts, Tanja setzte sich auf den einzigen Besucherstuhl.

Der Alte wirkte munterer als bei ihrem letzten Besuch. Auf einem kleinen Bildschirm über seinem Bett lief ein Fernsehprogramm, dem er mit Kopfhörern folgte. Als er die Beamten sah, nahm er das Headset ab und grüßte.

»Herr Taylor, können Sie uns jetzt sagen, was bei der Treibjagd am Hoffelder Burgkopf geschehen ist?«

»Ich erinnere mich nicht. Es ist alles weg.« Taylor klang jetzt klar und selbstsicher, auch wenn sein greiser Körper unter der Bettdecke fast verschwand.

»Welche Waffe hatten Sie bei der Treibjagd dabei?«

»Wie immer, meine Mauser Brigant.«

»Kaliber 8 x 57?«

»Ja, genau.«

»Wir haben ein Projektil dieser Waffe gefunden.« Tanja wusste, dass das Projektil der Mauser noch nicht zugeordnet war, aber es handelte sich nur um eine Frage der Zeit, bis das Labor dies nachweisen konnte.

John Taylor kniff die Lippen zusammen. Dann sagte er: »Ja, ich habe dort Schüsse abgegeben. Wie bei einer Treibjagd üblich.«

»Dieser Schuss ging aber nicht in die Richtung, aus der das Wild getrieben wurde.«

»Ein Fehlschuss vermutlich.«

»Wir haben den Winkel der Patrone bestimmt. Der Schuss ging in Richtung Ihres Jagdkameraden Siegfried Schulz-Tondorf.«

Taylor schloss kurz die Augen. »Ich kann mich an nichts erinnern.«

Tanja wandte sich Claes zu. Der zuckte mit den Schultern. Aus dem Alten würden sie nichts herausbringen. Zeit, zum nächsten Punkt überzugehen. Tanja graute vor dieser Aufgabe. Sie räusperte sich. »Herr Taylor, wir müssen Ihnen leider eine traurige Mitteilung machen.«

Sie schaute unsicher zu Claes rüber. Er blickte auf den Boden.

»Leider muss ich Ihnen sagen, dass Ihre Tochter Victoria Taylor tot aufgefunden wurde. Wir ermitteln in dem Fall.«

Johns Augen weiteten sich. Dann keuchte er. »Was? Das kann nicht stimmen.«

Gleichzeitig merkte Tanja, dass er sofort verstanden hatte, was sie sagte. Behutsam sprach sie weiter: »Ich möchte Ihnen mein tief empfundenes Beileid aussprechen.«

»Das muss eine Verwechslung sein. Sie irren sich bestimmt.«

»Leider nicht. Sie wurde in ihrem Hotelzimmer in Daun aufgefunden.«

»Aber sie ist doch in London.«

»Sie war angereist, um Sie zu besuchen.«

»Das darf nicht sein, das darf doch nicht sein!« John rang nach Luft. Seine Finger krampften sich um die Bettdecke. Ein unmenschliches Heulen entfuhr ihm.

Dann packte er sich an die Brust und stöhnte. Sein Gesicht wurde fahl. Der Kopf sackte nach hinten.

Tanja berührte vorsichtig seine Hand. Sie war eiskalt.

Sie drückte auf den roten Notfallknopf über dem Bett.

## 50

Ella hatte das Gemälde, das sie in Johns Haus schnell gefunden hatte, in eine Decke gewickelt und trug es behutsam unter dem Arm. Sie schritt rasch durch die Gänge und stand bald vor Johns Zimmer auf der Inneren. Dort hielt sie inne. Sie wusste nicht, wie sie sich verhalten sollte. John die Nachricht vom Tod seiner Tochter vorzuenthalten, erschien ihr nicht fair. Andererseits fürchtete sie sich davor, die Überbringerin dieser Nachricht zu sein. Wie würde der alte Mann reagieren? Der Tod eines Kindes war schlimm, schlimmer noch ein gewaltsamer Tod.

Sie würde spontan entscheiden, ob sie es ihm sagen würde. Sie gab sich einen Ruck und wollte gerade die Türklinke hinunterdrücken, als zwei Schwestern und ein Pfleger angerannt kamen. Sie schoben einen Wagen mit einem Defibrillator vor sich her.

»Sie können jetzt hier nicht rein«, rief eine der Schwestern ihr über die Schulter zu.

Ella verstand auch ohne Erklärung, dass Johns Leben auf dem Spiel stand. Irgendetwas musste vorgefallen sein. Sie klemmte sich das Bild unter den Arm und ging wieder nach Hause.

Dort machte sie sich einen Tee, wickelte das Gemälde wieder aus. Es zeigte eine Eifellandschaft mit Wacholderbüschen. Die typisch längliche Form dieser Sträucher und ihre dunkelgrüne Farbe waren deutlich zu erkennen. Das Motiv gefiel ihr, doch gleichzeitig schien es malerisch nicht herausragend umgesetzt. Die Wolken am Himmel wirkten wie grobe Kleckse, an einigen Stellen blickte rohe Leinwand durch, als sei das Gemälde nicht fertiggestellt. Signiert war es mit BM, vermutlich also ein Werk von Ben Melzer. Wieso wollte John ausgerechnet dieses Werk mit in die Reha nehmen?

Ella wand das Bild in ihrem Schoß hin und her. Sie drehte es um, betrachtete die Rückseite. Hier war keine Inschrift zu sehen wie bei manch anderen Kunstwerken. Sie fuhr mit dem

Finger über den Rahmen. Unter dem Klebestreifen, der die Klammern schützte, mit denen die Leinwand fixiert war, hob sich eine Verdickung ab. Es war die einzige Unregelmäßigkeit an dem ansonsten perfekt gestalteten Rahmen. Unruhig fuhr Ella mit dem Finger über die Unebenheit.

Sie nahm das Bild mit in die Küche und setzte erneut Wasser auf. Als der Kessel pfiff, hielt sie den Rahmen des Bildes in den Wasserdampf. Die Verklebung an der Rückseite löste sich sofort.

Dann zog sie den Klebestreifen komplett ab und legte ihn beiseite, damit er trocknete. Mit etwas Glück konnte sie ihn wieder anbringen, ohne dass jemand ihren Eingriff bemerkte.

Unter dem Rahmen steckte ein zusammengefaltetes Papier. Ella fummelte es heraus und entfaltete es.

Die Tinte war verblasst, die Schrift altertümlich, aber Ella entzifferte: »Mein lieber Sohn ...«

## 51

*Mein lieber Sohn,*
*ich sende diese Nachricht in der Ungewissheit, ob sie*
*dich erreichen wird. Ich hoffe, ihr seid wohlauf. Wir*
*sahen euch die Grenze überqueren und wollten gerade*
*folgen, als man uns bemerkte. Dein Schulkamerad S.,*
*der mit dem Leberfleck, hat die Grenzer geholt. Auf*
*Irrwege nach Buchenwald, von der lieben Mutter weiß*
*ich nichts. Einzig das Wissen, dass ihr sicher seid, gibt*
*mir Kraft. Gottes Segen möge euch und uns begleiten.*
*Sorge immer für die kleine Rosa.*
*Lebt wohl!*
*Euer treuer Vater*

Stockend, aber mit klarer Stimme las Herrmann den Brief. Dann schwieg er lang.

Schließlich schien er sich gefasst zu haben. »Wie schrecklich, stell dir vor, in wenigen hundert Metern überquerst du die Grenze, doch irgendeiner lässt dich auffliegen. Und was dann geschah, können wir uns vorstellen.«

»Buchenwald.« Ella starrte vor sich hin. Sie sah Bilder aus Schwarz-Weiß-Filmen, die sie in der Schule gezeigt bekommen hatte. Bilder von Menschen in gestreifter Häftlingskleidung, mit dem Stern auf der Brust. Die ausgemergelten Figuren, wie lebende Skelette. Der Rauch, der aus dem Schornstein des Lagers quoll.

Ihr Besuch in Buchenwald. Ziegelmauern. Eisiger Wind den Hügel hinauf. Der Stempel »Topf & Söhne« auf dem gusseisernen Ofen.

»Ella, das ist Vergangenheit.« Herrmann sprach vorsichtig, als wollte er einen Schlafwandelnden beruhigen. »John hat den Brief aufbewahrt, weil er ein letztes Lebenszeichen seines Vaters war.«

»Meinst du, der Brief richtet sich an John? Hier steht nur ›Mein lieber Sohn‹.«

Herrmann musterte noch einmal das Papier. »Ja, da steht eindeutig ›Mein lieber Sohn‹. Meine Oma hat mir Sütterlin beigebracht.« Er lächelte. »Ich hielt das für eine Geheimschrift und habe sie gebeten, mir das zu zeigen.«

Obwohl er jahrzehntelang kein Sütterlin mehr benutzt habe, sei es ihm ein Leichtes gewesen, den Brief vorzulesen. Doch der Inhalt war umso schwerer zu ertragen.

»Wir gehen also davon aus, dass Ben Melzer Johns Vater ist.« Sie dachte an die Briefe, die sich an J. Melzer richteten. John Melzer? Hatte er eine Frau, eine Engländerin vermutlich, namens Taylor geheiratet und ihren Namen angenommen? »Und wer ist Rosa?« Sie wünschte, sie könnte mit John darüber sprechen. Doch der lag für sie unerreichbar auf der Intensivstation. Sie hoffte, dass er die Kraft hatte zu überleben.

»Sieht aus, als hätte John eine kleine Schwester.«

Ella nickte nachdenklich. Der Brief warf mehr Fragen auf als Antworten. »Wer mag wohl S. sein? Wieso ist der Name abgekürzt?«

»Der Vater hatte Angst, sein Brief könnte in falsche Hände geraten«, mutmaßte Herrmann. »Wer auch immer ihn rausgeschmuggelt hat, das gefährdete ihn und jeden, der den Brief in Händen hielt.«

Ella nickte nachdenklich. In Buchenwald hatten die Häftlinge Untergrundstrukturen aufgebaut, so viel wusste sie. Die Politischen hatten sich heimlich organisiert. Vielleicht hatte Ben Melzer, der frühere Rechtsanwalt, Verbindungen zu ihnen gehabt.

Sie las noch einmal das Schreiben. Nachdem Herrmann ihr den Brief vorgelesen hatte, glaubte sie, einige der Worte in Sütterlin zu erkennen. »Dieser S. muss in etwa Johns Alter haben, sie waren in derselben Schule. Und er hat einen Leberfleck.«

Ein Bild trat ihr vor Augen. Der hagere alte Mann, der den Wolf für einen streunenden Hund gehalten hatte. Angeblich. »Siegfried Schulz-Tondorf«, sagte sie langsam. Und Victoria hatte ebenfalls nach einem »S.« gesucht, der Werke ihres Großvaters besaß, die sie zurückfordern wollte. Bilder von Ben Melzer, dessen letzten Brief sie jetzt in Händen hielt. »S. könnte für Siegfried stehen. Oder für Schulz. Aber der Mann hat keinen Leberfleck. Jedenfalls keinen sichtbaren.«

»Den kann er überschminkt haben«, gab Herrmann zu bedenken. »Aber verrenn dich nicht. Versteife dich nicht auf jemanden, von dem du nichts weißt.«

Und ob sie etwas von ihm wusste. Sie wusste, dass er blindlings auf einen Wolf geschossen hatte. Die Ausrede, ihn für einen streunenden Hund gehalten zu haben, nahm sie dem Mann nicht ab. Sie würde jeden Stein umdrehen, um seine Vergangenheit zu erforschen.

Vorsichtig faltete sie das vergilbte Papier des Briefes zusammen und steckte es wieder hinter den Rahmen.

»Hast du nicht gesagt, John habe sein Haus wie Fort Knox gesichert?« Herrmann klang besorgt.

»Er hat drei Schlösser an der Tür. Sieht nach einer Spezialkonstruktion aus. Die Fenster im Erdgeschoss sind vergittert.«

»Jetzt weißt du, wieso.«

»Wieso?«, echote Ella.

»Alleine eine Familiengeschichte voller Verfolgung ist Grund genug, sich abzusichern. Und dann: Dieser Brief ist ein Beweismittel gegen S., wer immer das auch sein mag. Falls der Betreffende von dem Brief weiß, würde er eine Menge unternehmen, um ihn in die Hände zu bekommen.«

## 52

Ella wusste nicht, wie lange sie schon vor dem Computer gehockt hatte, als Rocco sie anstieß. Wie immer, wenn sie sich in eine Sache vertiefte, vergaß sie die Zeit.

Rocco aber ließ nicht locker und nervte sie so lange, bis sie endlich aufstand, die Leine ergriff und mit ihm rausging. Er pinkelte sofort in den Hof, was er normalerweise vermied. Ella warf sich vor, nicht genug auf ihn geachtet zu haben. In der Tat dämmerte es schon, der Tag war an ihr vorbeigerauscht. Sie sandte Gedanken an John und versuchte, ihm heilende Kräfte zu übertragen.

Rocco zerrte an der Leine, um vorwärtszukommen. Er wollte unbedingt am Waldrand nach frischen Rehspuren schnuppern. Ella ließ ihn nicht laufen, weil um diese Tageszeit die Verlockung für den Hund durch das Wild zu groß war.

Rocco stoppte immer wieder, um zu schnuppern, während sie gemächlich mit ihm den Feldweg langging. Ella dachte über das nach, was sie im Internet herausgefunden hatte. Zunächst hatte sie nach dem Namen »Ben Melzer« gesucht. Das hatte zwar wenige, aber erkenntnisreiche Treffer ergeben. Ben Melzer war ein Rechtsanwalt aus Düren gewesen, Nachkomme einer angesehenen jüdischen Familie. Wenn seine Kanzlei ihm Zeit ließ, hatte er sich mit der Malerei beschäftigt, auch einige Zeit an der Kunstakademie in Düsseldorf studiert. Doch die Strömung des Expressionismus, der damals in Mode war, beeinflusste ihn nur geringfügig. Seine Motive waren klassische Landschaftsbilder, bevorzugt aus der Eifel, wo die Familie häufig »in die Sommerfrische« fuhr, wie es damals hieß.

Doch 1933 war es mit dem gut situierten Leben der Melzers vorbei. Im September war das Gesetz erlassen worden, das Juden nicht mehr erlaubte, als Rechtsanwalt tätig zu sein – eines der ersten Berufsverbote von vielen, die noch kommen sollten. Ben Melzer reagierte, indem er seine Kanzlei einem nicht jüdischen Partner übertrug. Ella vermutete, dass er auf diesem Weg im Hintergrund weiterhin tätig sein konnte, doch musste es ein gewaltiger Einschnitt gewesen sein.

Das – im Vergleich zu Victorias langer Liste – wohl recht unvollständige Werksverzeichnis, das Wikipedia bereithielt, führte für die Zeit ab 1933 sehr viel mehr Gemälde auf als für die vorherigen Jahre. Anscheinend hatte sich der Anwalt in die Malerei geflüchtet, um der bitteren Realität des nationalsozialistischen Alltags zu entkommen. Doch auch die Kunst blieb von der Politik nicht unbehelligt. Die Vermögen jüdischer Familien wurden erfasst und hoch besteuert, sie durften nicht mehr uneingeschränkt darüber verfügen.

Melzer musste durch diese Maßnahmen finanziell unter Druck geraten sein, denn offenbar verkaufte er eigene Gemälde und die von Freunden. Doch da er nicht der Einzige war, der dazu gezwungen war, fielen die Preise auf dem Kunstmarkt.

Außerdem war der Ehrgeiz Melzers offenbar größer gewesen als sein Talent. Die Bilder, die in Museen – etwa in Blankenheim – und bei wenigen Privatsammlern aufbewahrt wurden, hatten bis heute nur einen mittleren Schätzwert. Das hatte Ella den Katalogen von Auktionshäusern entnommen, die gelegentlich einen Melzer anboten.

Das war der nächste Schritt gewesen: Sie hatte zwei Auktionshäuser angerufen, die in den vergangenen fünf Jahren ein Werk des Eifelmalers versteigert hatten. Diese hatten bestätigt, dass Victoria Taylor bei ihnen vorstellig geworden war und nach den Käufern gefragt hatte. Sie erhob Ansprüche auf die Bilder ihres Großvaters, die ihrer Meinung nach von den Nazis unrechtmäßig beschlagnahmt worden waren. Die Auktionshäuser wiesen jede Verantwortung von sich, einer der Ansprechpartner meinte jedoch zu wissen, dass Victoria in einigen Fällen die Bilder ihres Großvaters erfolgreich zurückgefordert habe. »Restitution, wissen Sie? Kunstwerke, die von den Nazis beschlagnahmt waren oder deren Wert durch die Verfolgung der Juden stark gefallen war. Wird in vielen Fällen zurückerstattet, meist durch eine außergerichtliche Einigung, was den jetzigen Besitzern einen langen Rechtsstreit erspart.«

Ella hatte zwar einen vagen Begriff davon, dass »entartete Kunst« unter der faschistischen Herrschaft verboten gewesen war, doch jetzt erst erfuhr sie, dass zwischen 1933 und 1945 grob geschätzt etwa sechshunderttausend Kunstwerke durch staatlichen Eingriff gestohlen worden waren, davon allein zweihunderttausend in Deutschland. Ben Melzers Werke waren als »jüdisch-bolschewistisch« eingestuft und Mitte 1938 beschlagnahmt worden.

Rocco unterbrach ihre Gedanken, als er aufgeregt an der Leine zerrte.

Einige Meter vor ihnen stand an der Wegbiegung ein Rehbock, der aufmerksam zu ihnen herüberäugte. Seine Ohren bewegten sich wie Antennen.

Ella spürte den leichten Wind im Gesicht. Das Tier konnte sie nicht riechen. Sie stand still wie eine Säule, um den Anblick so lange wie möglich zu genießen. Das hellbraune Fell des Tieres hob sich deutlich vor dem nebligen Wald ab, die schwarze Nase war gut zu erkennen.

Dann blaffte Rocco los.

Der Rehbock warf sich auf den Hinterbeinen herum und sprang mit eleganten Schritten in den Wald, wobei sein weißes Hinterteil aufleuchtete.

Ella wollte mit Rocco schimpfen, aber der hatte schließlich nichts anderes getan, als seinen Instinkten zu folgen. Immerhin hätte sie ohne seine Warnung das Tier womöglich nicht bemerkt, so versunken war sie in ihre Gedanken gewesen.

Es zog sie an den Computer zurück, zu ihren Nachforschungen. Denn der Eintrag über Ben Melzer hatte noch einige traurige Fakten enthalten: »Zwei Kinder, Verbleib unbekannt. Ben Melzer und seine Frau Rebecca 1939 bei illegalem Grenzübertritt nach Belgien verhaftet, nach Buchenwald verschleppt«.

Zwei Kinder, hier stand es. John und Rosa, dachte sie bei sich.

Ella sah die Zahlen vor sich, als säße sie noch vor dem Bildschirm: »Rebecca Melzer, verstorben 13. November 1941, Ben Melzer, verstorben 1. Dezember 1943, beide KZ Buchenwald«. Die bürokratische Genauigkeit der Vernichtung, dachte Ella – die genauen Todesdaten waren sicherlich nur deshalb bekannt, weil die KZ-Verwalter sie in ihrer Buchhaltung des KZs festgehalten hatten. Sie legte einen Schritt zu, um sich zu Hause in ihre Recherche zu vertiefen. Wie hatte sich John retten können? Wo war Rosa? Wer war der geheimnisvolle S.? Sie würde nicht ruhen, bevor sie das wüsste.

## 53

Am Montagmorgen hatte Peter das Revier kaum betreten, als ihn Kollege Becker mit den Worten empfing: »Die jungen Damen möchten zu dir.« Er wies auf zwei Frauen, dann trabte er in Richtung Kaffeeküche.

Peter musterte die beiden, offenbar Mutter und Tochter, beide schlank und dunkelhaarig. Die Ältere wirkte verbraucht, Falten zogen sich neben den Mundwinkeln herab, doch das Haar war toupiert, es fiel in langer Mähne auf ihren Rücken herab. Sie trug ein enges Top, einen Minirock und schwarze knielange Stiefel.

Die jüngere Frau steckte in einem dunklen Hoodie, der ihr ein wenig zu groß war. Jeans und Sneakers komplettierten das unauffällige Outfit. Sie hielt sich genauso aufrecht wie ihre Mutter.

»Wir möchten mit einer weiblichen Beamtin sprechen«, sagte diese bestimmt.

Peter überlegte. Alle Kolleginnen waren im Einsatz. »Tut mir leid, Sie müssen mit mir vorliebnehmen.« Er bat sie in einen Vernehmungsraum, den einzigen Ort, der vom Großraumbüro abgetrennt war. Er bot Kaffee und Wasser an, jedoch keine der Frauen nahm etwas an.

Die ältere ergriff wieder das Wort: »Wir möchten mit einer Beamtin sprechen, denn es geht um einen sexuellen Übergriff.«

In dem Moment sagte das Mädchen mit dem Hoodie: »Mama, bitte lass uns allein. Ich komme schon mit ihm zurecht. Wartest du auf mich?« Ihre großen Augen richteten sich bittend auf die Mutter.

Die blickte sie kurz an, dann nickte sie und schob sich aus der Tür.

Peter lächelte aufmunternd. »Wenn Sie mit einer Kollegin sprechen wollen, dann können wir später einen Termin machen, wenn jemand verfügbar ist.«

»Nein, das ist nicht nötig. Jetzt bin ich einmal hier, jetzt können wir das erledigen. Also, neulich …«

»Zunächst mal die Formalia. Nennen Sie mir bitte Namen und Adresse.«

»Katharina Grassner, ich wohne in Kall.«

Grassner? Peter bekam einen Schreck. Eine Verwandte seiner geliebten Gertrud? Andererseits war der Name nicht ganz selten. »Sind Sie mit Gertrud Grassner verwandt?«

»Das ist meine Tante, aber das tut nichts zur Sache.«

»Also ist Heavy, ich meine Gregor Grassner, Ihr Vater?«

»Kennen Sie ihn?« Sie schien entsetzt. »Aber das, was wir besprechen, bleibt unter uns? Sonst …« Sie erhob sich halb.

Peter zwang sich zur Ruhe. Er erinnerte sich an seine professionelle Rolle. »Bitte, bleiben Sie sitzen. Selbstverständlich wird Ihr Vater nicht erfahren, was hier passiert, es sei denn, Sie möchten es ihm selbst sagen. Worum geht es?«

Das Mädchen begann stockend zu erzählen. Je länger sie sprach, desto selbstsicherer wurde sie. Vor drei Wochen hatte sie ein internationales Begegnungscamp in der Burg Vogelsang besucht, ein staatlich gefördertes Treffen von Jugendlichen aus aller Welt mit dem Ziel der Friedensförderung und des internationalen Dialogs. Gleichzeitig war ein Vortrag gelaufen, der aus ihrer Sicht das Dritte Reich verherrlichte. Spontan hatte sie mit einigen anderen Teilnehmern der Jugendbegegnung den Redner mit skandierten Parolen unterbrochen.

Die Saalordner hatten sie herausgedrängt.

Danach hatte sie nicht wie die anderen auf der Burg übernachtet, sondern wollte mit ihrem Mofa die wenigen Kilometer nach Hause fahren. Doch eine Gruppe junger Männer hatte ihr den Weg versperrt. Einer von ihnen hatte sie in ein Gebüsch gezerrt und ihr die Hose runtergezogen.

Sie brach ab.

»Hat er Sie missbraucht?«, fragte Peter und versuchte, einfühlsam zu klingen.

»Nein, zum Glück kam uns jemand hinterher, der hat den

Typen hochgezogen und übel beschimpft. Dann sind sie abgehauen. Ich war erst wie geschockt, aber dann hab ich mein Mofa gegriffen und bin nach Hause, ich war wie in Trance.«

»Kennen Sie den Täter?«

»Ich sehe die manchmal dort in Vogelsang. Ich glaube, das waren die Typen von der Wolfsschanze.«

»Können Sie die beschreiben?«

Katharina schilderte einen grobschlächtigen, einen schmalen und einen sehr korrekt gekleideten Typen. »Der war es, der den Angreifer zurückgehalten hat. Ohne ihn ...« Sie schluchzte auf.

Nobbi Plück, Ali Graff und der gelackte Jonas Gruber, dachte Peter. Er würde ihr Fotos vorlegen. Versuchte Vergewaltigung, die würde er sich liebend gern noch mal vorknöpfen.

Peter goss ein Glas Wasser ein und schob es ihr rüber. »Trinken Sie einen Schluck.«

Als sich Katharina wieder beruhigt hatte, fragte er: »Sie sagen, das ist jetzt drei Wochen her. Warum sind Sie nicht eher gekommen?«

»Ich hatte Angst, dass es hieße, ich hätte die provoziert. Weil wir doch den Vortrag gestört haben. Außerdem, es darf niemand wissen, dass ich hier bin.« Sie schaute sich um, als könnte jederzeit jemand hereinkommen. »Vor allem nicht mein Vater.«

Heavy war kein Freund der Polizei, das war Peter klar. Aber in so einem Fall – wieso machte er keine Ausnahme?

Die Tür ging auf, und die Schwarzhaarige steckte ihren Kopf durch den Spalt. »Alles in Ordnung, Spatz?«

Katharina nickte. »Ja, wir sind fertig so weit.«

Peter erinnerte sie daran, dass sie später das Protokoll unterschreiben sollte. Katharina bat darum, auf die Toilette gehen zu dürfen, und Peter zeigte ihr den Weg.

Katharinas Mutter fragte: »Wird der Täter angeklagt?«

»Da können Sie sicher sein.« Auch sie fragte er: »Wieso

sind Sie nicht sofort gekommen? Wir hätten einen Arzt hinzuziehen können, um etwaige Verletzungen zu dokumentieren.«

»Die Männer waren dagegen.«

»Ihr Mann?«

»Mein Ex.« Sie betonte das Wort mit spitzen Lippen. »Heavy und seine … Brüder wollten das nicht. Sie regeln ihre Angelegenheiten selbst.«

Bei Peter fielen einige Puzzlestücke ineinander. Das Mädchen war in der Burg Vogelsang überfallen worden, wo die Neonazis Vorträgen von Siegfried Schulz-Tondorf und anderen Ewiggestrigen zuhörten. Aufgeputscht und sicherlich unter Alkoholeinfluss war einer von ihnen – Nobbi oder Ali – über die zierliche, schlanke Katharina hergefallen, der besonnene Saubermann Jonas Gruber hatte ihn zurückgehalten.

Peter glaubte, die Zusammenhänge zu verstehen. Heavy wusste, was seiner Tochter passiert war. Er und sein Club hatten die Neonazis in Adenau gestellt und zusammengeschlagen.

Spontan beschloss er, die Akte wegen der Prügelei in Adenau zu schließen. Die Versicherung würde den Schaden an der Nobelkarosse verschmerzen.

## 54

»Das sollte ein Scherz sein.«

Peter betrachtete den schlaksigen jungen Mann stirnrunzelnd. Eine versuchte Vergewaltigung war kein Scherz, ganz sicher nicht. Umso besser, wenn der offensichtlich unbedarfte Junge auspackte, weil er sich nichts dabei dachte. Mit einem Geständnis hatte der Richter leichtes Spiel.

Alfred Graff, genannt Ali, Schlosser in einer Werkstatt für

Landwirtschaftsmaschinen, hatte seine Personalia angegeben, jetzt drehte er unruhig die Hände im Schoß.

»Was macht ihr für einen Aufwand, mich deswegen herzuholen?«

»Ich bestimme, wann ich Sie vorlade. Nun erzählen Sie, was aus Ihrer Sicht passiert ist.«

Peter versicherte sich, dass das Aufnahmegerät lief. Becker stand an der Wand, hielt seine obligatorische Kaffeetasse in der Hand und wirkte gelangweilt.

»Die Tussi hatte es verdient, so wie sie uns bedrängt hat.«

»Sie hat euch bedrängt?« Er stellte sich die schmale Katharina vor, wie sie das internationale Jugendtreffen verließ, im Hof auf die drei von der Wolfsschanze stieß und dann – diese aufreizend anmachte? Was wollte Alfred Graff andeuten?

»Sie hat Siggi in die Scheiße geritten.«

»Wer ist Siggi, und was hat der damit zu tun?«

»Siggi, also Herr Schulz-Tondorf, der hat neulich einen streunenden Hund erwischt. Diese Ökotante hat ihn angezeigt, weil sie den Hund für einen Wolf hielt und …«

»Ella Dorn?«

»Ja, genau.« Alfred wirkte erleichtert, dass Peter ihn endlich verstand. »Die da oben im Wald. Die ist doch nicht ganz richtig im Kopf, aber safe jetzt.«

»Was hat das mit der Sache in Vogelsang zu tun?«

»Vogelsang? Also, da gehen wir nur zu den Vorträgen von Siggi hin, sonst wimmelt es da von linken Zecken.« Er brach ab und blinzelte Peter an.

»Fangen wir noch mal von vorne an. Was ist passiert?«

»Diese Ökotante hat Siggi belästigt. Wegen dem Hund, der angeblich ein Wolf war. Das sei Wilderei und so. Die soll ihr Maul halten. Siggi ist immer für uns da, und er hat so viel durchgemacht. In dem Alter sollte man ihn in Ruhe lassen.«

»Okay, es ging also um Ella Dorn. Bitte erzählen Sie weiter.«

»Dann hab ich auf der Landstraße diesen toten Fuchs gefunden. Also ehrlich, ich hab den nicht gekillt, das muss jemand vor mir gewesen sein. Ich schwör, ich war's nicht.«

Roadkill, dachte Peter. Täglich wurden unzählige Wildtiere in der Eifel überfahren. Er erinnerte sich an eine Pressemeldung des Deutschen Jagdverbands, in der dieser bedauerte, dass jedes dritte Reh der Jagdstatistik einem Autofahrer zum Opfer gefallen war. Sicher hätten die Jäger diese lieber selbst erlegt. »Sie haben Fallwild gefunden. Haben Sie den Jagdpächter informiert?« Das war Vorschrift, auch wenn viele Autofahrer ihren Weg fortsetzten, ohne sich um ein überfahrenes oder auch verletztes Tier zu kümmern.

»Woher soll ich wissen, wer das ist? Der konnte mit dem Fuchs in dem Zustand eh nichts mehr anfangen. Der Kopf war fast ganz abgetrennt. Ich hab den abgeschnitten und mitgenommen.«

Wilderei, dachte Peter. Wurde zwar nie verfolgt, aber das überfahrene Wildtier gehörte eigentlich dem zuständigen Jagdberechtigten. »Was wollten Sie mit dem Kopf?« Es interessierte ihn wirklich. Manche Jugendliche hatten früher einen Fuchsschwanz an ihr Fahrrad oder Mofa gebunden, doch die Mode war lange vorbei. Ein Kopf eignete sich nicht dazu, essbar war er auch nicht. Wollte der Junge ihn präparieren?

»Ich hab den der Ökofrau vors Haus gelegt. Mehr nicht, echt jetzt.«

»Sie haben Ella Dorn einen Fuchskopf vor die Tür gelegt?« Peter war überrascht. Ella würde sich ganz schön erschreckt haben. Er würde noch einmal im Computer nachschauen, aber seines Wissens hatte sie den Vorfall nicht gemeldet. Vielleicht hielt sie es auch für eine Lappalie. Dabei würde ein Richter auf groben Unfug oder sogar Belästigung befinden.

Ali Graff wand sich. »Als Warnung. Sie sollte Siggi in Ruhe lassen.«

»Ich verstehe.« So einfach war die Frau, die auch als Eifelhexe bekannt war, aber nicht einzuschüchtern. Obwohl sie immer fragil wirkte, war sie ganz schön tough. »Neulich in

Vogelsang, da habt ihr eine junge Frau getroffen. Was genau ist passiert?« Er nannte Datum und Uhrzeit des Übergriffs.

Der Jugendliche kratzte sich am Kopf. »Das war beim Vortrag von Siggi. Da waren ein paar Idioten, die haben den Vortrag gestört.«

Peter nickte. An dem Abend hatte Siegfried Schulz-Tondorf dort seinen Vortrag gehalten und danach mit einigen Zuhörern etwas getrunken. Jonas Gruber hatte ihn anschließend nach Hause gefahren – was dieser inzwischen bestätigt hatte und beiden ein Alibi im Mord an Victoria Taylor gab. Von Demonstranten hatte der Alte wohlweislich nichts erzählt. Was war noch an dem Abend passiert?

»Eine junge Frau, stimmt.« Ali Graff überlegte, was ihm ein angestrengtes Aussehen verlieh. »Nach dem Vortrag war da eine Bitch, eine von diesen Störern. Ich bin noch schnell aufs Klo, und als ich rauskam, zog die gerade ab. Die war ziemlich fertig, besoffen, glaub ich. Sie hatte ein Mofa, ein rosa Girlie-Ding.«

»Genau die.« Peter würde sich bei Katharina erkundigen, welche Farbe ihr Mofa hatte. Kurz durchzuckte ihn der Gedanke, was Heavy wohl von einem rosa Zweirad hielt. Aber das tat nichts zur Sache. »Was war da los?«

»Die Tussi ist abgehauen, und der Jonas hat den Nobbi total runtergemacht, aber keine Ahnung, wieso.« Er breitete die Arme aus, um das Ausmaß seiner Unkenntnis anzudeuten. »Was hat das mit dem Fuchs zu tun?«

Peter beschloss, die Vernehmung hier abzubrechen. Er hatte einige interessante Erkenntnisse gewonnen. Nobbi Plück würde er sich als Nächstes vorknöpfen. Er hatte auch schon eine Idee, wie er ihn zum Reden bringen würde. Wenn Kollege Becker mitspielte.

## 55

Als Tanja in den Vernehmungsraum kann, war Claes schon
da. Er deutete auf einen Stuhl, Nobbi setzte sich, und sie nahmen ihm gegenüber Platz. Der Jugendliche trug eine grüne
Bomberjacke mit orangem Innenfutter über einem weißen
Hoodie, dazu Jeans und Sneakers. Er sah aus wie Tausende
andere seines Alters. Die braunen Augen lagen tief in ihren
Höhlen, das Kinn war ausgeprägt.

Die Personalien waren schnell aufgenommen. Nobbi
Plück war kein Unbekannter, Eltern Alkoholiker, der Junge
im Heim aufgewachsen, mit vierzehn Jahren erstes Mal akten-
kundig wegen Diebstählen im Supermarkt. Es folgten Ver-
stöße gegen das Betäubungsmittelgesetz und Fahren ohne
Führerschein. Doch in den vergangenen fünf Jahren war der
jetzt Sechsundzwanzigjährige nicht mehr polizeilich aufgefallen. Er schien seinen Weg gefunden zu haben. Oder er war
geschickter geworden, seine Vergehen zu verbergen.

»Erzählen Sie mir von dem Samstagabend, als ihr in Vogelsang wart bei dem Vortrag von Siegfried Schulz-Tondorf.«
Tanja stellte absichtlich diese unkonkrete Frage, in der Hoffnung, dass Plück ins Reden kommen würde.

»Was soll schon gewesen sein? Der Siggi hat uns geschult,
dann waren wir einen trinken.« Der Mann verschloss die
Arme vor der Brust. Seine Halsschlagader pulsierte deutlich.

»Und dann?«

»Nix dann.«

»Was haben Sie anschließend gemacht?«

»Was soll ich schon gemacht haben? Siggi nach Hause gefahren und dann bin ich zu mir, ab in die Falle.«

Sie würde den schon knacken, bei Gewalt gegen Frauen
ging ihr die Hutschnur hoch. Sie musste nur den richtigen
Ansatzpunkt finden.

»Da waren doch diese Störer bei dem Vortrag.«

»Woher wisst ihr das?«, fuhr er auf.

»Wir wissen alles.« Tanja bemühte sich um ein fieses Grinsen.

Der Mann betrachtete sie skeptisch. »Ihr blufft.« Er kniff die Lippen zusammen.

So kamen sie nicht weiter. Hilfesuchend blickte sie zu Claes. Der hatte doch immer etwas auf Lager. Doch Claes fixierte den Vorgeladenen, irgendetwas an ihm schien ihn zu faszinieren. Selten hatte sie ihn so konzentriert erlebt, doch er sagte nichts. Also musste sie weitermachen.

»Bitte schildern Sie genau, wie der Abend abgelaufen ist. Sie sind zu dem Vortrag gegangen, was passierte dann?«

»Wir haben Siggi zugehört, er hat wieder toll geredet. Von ihm kann man richtig viel lernen.«

»Was war mit den Störern?«

»Da waren ein paar Leute mit Transparenten, die haben dazwischengerufen. Ein Fall für die Saalordner. Die waren schneller draußen, als sie reingekommen sind.«

So weit schien alles zu stimmen. Plück sprach zwar widerstrebend, aber seine Geschichte stimmte mit dem überein, was Ali Graff gestern ausgesagt hatte.

Gerade jetzt vernahmen die Kollegen im Nebenzimmer Jonas Gruber noch einmal, der zweifelsohne den Ablauf des Abends ebenso schildern würde wie Ali und Nobbi. Die hatten sich doch abgesprochen. Wie sie ihn kannte, würde der Saubermann auf heikle Fragen nicht antworten, sondern auf seinen Anwalt verweisen.

»Nach dem Vortrag, was ist da passiert?«

»Nichts. Ich hatte Fahrdienst und hab Siggi nach Hause gebracht. Dann bin ich zu mir, hab noch ein Bier getrunken und bin eingeschlafen.«

Fahrdienst, Saalordner – die Leute von der Wolfsschanze waren organisierter, als Tanja angenommen hatte.

Claes machte ihr ein Zeichen, aber sie verstand nicht, was er wollte. Jetzt näherten sie sich dem entscheidenden Moment der Befragung.

»Nach dem Vortrag habt ihr vor der Tür ein Mädchen getroffen, das zu den Störern gehörte.«

»Eine Tussi?« Er überlegte angestrengt. Oder tat so, als überlege er angestrengt, dachte Tanja. Dies war schließlich nicht seine erste Vernehmung, wenn man seine Vorgeschichte bedachte.

»Man hat euch gesehen.« Das war nicht gelogen. Ali Graff hatte gesehen, wie Katharina nach Hause gefahren war und wie Jonas Nobbi kritisiert hatte.

Nobbi schien einzusehen, dass es keinen Sinn hatte zu leugnen, dass sie dem Mädchen begegnet waren. »Eine von diesen Störern. Eingebildete Kuh. Sie stand draußen bei ihrem Mofa, als wir rauskamen.«

»Was ist dann passiert?«

»Nichts. Ich hab auf Siggi gewartet, der noch auf der Toilette war.«

»Sie hatten Streit mit Jonas Gruber. Worum ging es?«

Wieder runzelte Nobbi theatralisch die Stirn. Dann erhellte sich sein Gesicht.

Selten hatte Tanja einen solchen Schauspieler in diesem Raum gehabt. Sie war gespannt, mit was für einer Ausrede er jetzt kam. Denn eine Ausrede war es sicher.

»Wir hatten keinen Beef. Kann man so nicht sagen. Jonas wollte, dass ich mich bei dem Mädchen entschuldige, weil ich es angerempelt hatte. Das war ein Versehen, echt jetzt.«

»Ein Rempler? Das Mädchen sagt was anderes.«

»Sie lügt.«

Claes machte Tanja wieder ein Zeichen, dringlicher jetzt.

»Sie überlegen, ob nicht mehr passiert ist als ein Rempler. Wir machen jetzt eine Pause.«

Sie folgte Claes auf den Flur.

»Hast du seine Jacke gesehen?«, fragte der Kollege übergangslos.

»Eine Bomberjacke, wieso?«

»Ein Knopf am Hals fehlt.«

Tanja überlegte. »Die hat doch einen Reißverschluss?«

»Ja, aber oben am Kragen ist ein Knopf. Beziehungsweise sollte einer sein, der ist aber abgerissen. Da hängt nur noch ein Stück Faden.«

»Und?«

»Unter den Asservaten aus dem Hotelzimmer war ein grüner Knopf. Die Farbe würde perfekt zu dieser Jacke passen.«

## 56

»Wenn du eine Aussage machst, rechnet dir der Richter das an«, machte Peter Claes Druck. »Ein Geständnis wird immer positiv gewertet.«

»Es war keine Vergewaltigung. Ich hab der nur klargemacht, was passiert, wenn sie uns nicht in Ruhe lässt.«

»Was passiert denn dann?«

Tanja konnte praktisch zusehen, wie die Gedanken hinter Nobbis Stirn hin und her flitzten. Dann schien er zu einer Lösung gekommen zu sein.

»Wir würden Nacktfotos von ihr machen und online stellen. Deshalb hab ich ihr mal kurz die Hose runtergezogen, um ihr zu zeigen, dass ich es ernst meinte. Ich hab sie nicht angerührt, ich schwöre bei meiner Mutter.«

Laut den Akten hatte der Junge seine Mutter nie kennen gelernt. Tanja biss sich auf die Lippen. Die Ausrede war geschickt gewählt, mit einem fähigen Rechtsanwalt hatte der Junge Chancen, damit durchzukommen. Aber da war noch was: »Ziehen Sie bitte die Jacke aus.«

»Willste mich mal nackt sehen?« Der junge Mann grinste sie anzüglich an. Er hatte seine Sicherheit zurückgewonnen.

»Wir benötigen die Jacke als Vergleichsstück.«

»Wenn ihr unbedingt wollt.« Er wand sich aus der Jacke und hielt sie Tanja hin. Provozierend meinte er: »Mehr? Das T-Shirt auch?«

Sie machte eine abwehrende Handbewegung. »Danke, die Jacke reicht. Hier scheint ein Knopf zu fehlen, wo ist der?«

»Keine Ahnung. Ist wohl abgegangen.« Er schien sich nicht zu erinnern, seit wann der Knopf fehlte, sonst hätte er jetzt seine Selbstsicherheit verloren. »Gibt eben keine Qualität mehr.«

»Die geben wir ins Labor.« Tanja schob die Jacke zu Claes hinüber. »Die werden feststellen, ob ein Match vorliegt.«

Zeit für die große Show.

»Pause?« Sie schaute Claes fragend an.

Der warf einen Blick auf die Uhr und nickte. Was nun folgen würde, war auf die Minute genau geplant.

Sie schoben Nobbi Plück aus dem Verhörraum. Wie zufällig blieb Kollege Claes, der den Verdächtigen am Arm führte, am Flurfenster stehen. Tanja trat neben die beiden und blickte hinaus.

Unten im Hof lief ein lachender Becker neben Jonas Gruber her. Becker redete auf den auch heute adrett gekleideten Mann mit dem Seitenscheitel ein. Dann hieb er ihm auf die Schulter. Es wirkte, als wären die beiden beste Kumpel. In der Tat waren sie sogar verwandt. Entfernte Cousins angeblich, hatte Kollege Claes erzählt.

Tanja schien es, als zuckte Jonas Gruber bei der Berührung zurück, doch das mochte nur ein sehr aufmerksamer Beobachter wahrnehmen.

Norbert Plück starrte entgeistert auf die Szene.

Kollege Becker, der extra für das Schauspiel seine Uniform angezogen hatte, legte Jonas Gruber jetzt den Arm über die Schulter. Die beiden Männer schienen ein Herz und eine Seele.

Claes schob Nobbi weiter, der sich nur widerstrebend von der Szene losriss.

Ihre Taktik schien zu funktionieren. Tanja setzte noch eins drauf: »Wir haben unsere Leute überall. Auch in euren Reihen.« Innerlich schauderte ihr bei dem Gedanken, wenn sie Typen wie Jonas Gruber ein Informantenhonorar zahlen müsste. Vielleicht stand der Mann wirklich in Diensten des BND, der hatte ja überall seine V-Leute. Aber nein, Jonas Gruber war einer der braunen Vordenker, zu schlau, sich die Finger schmutzig zu machen. Seine Reaktion auf Beckers übertriebene Freundlichkeit war subtil, aber wahrnehmbar gewesen. Doch Nobbi Plück war zu geschockt, um sie zu bemerken. »Du kannst dir deine Märchen sparen, wir wissen alles«, wiederholte Tanja. »Dein Kamerad Jonas hat ausgepackt.«

»Das kann nicht sein!« Die Panik stand Nobbi ins Gesicht geschrieben. »Wir reden nicht. Keiner von uns. Wir halten immer zusammen.«

»Da wäre ich mir nicht so sicher. Jonas Gruber ist schlau, der lässt sich keine Vergewaltigung anhängen.«

Sie wandte sich wieder dem Verdächtigen zu. »Und nun mal Butter bei die Fische. Was ist passiert nach der Begegnung mit der jungen Frau?«

»Die hatte so ein rosa Mofa, damit ist sie nach Hause gefahren. Nichts weiter.«

»Und was hast du gemacht?«

»Ich hab Siggi weggebracht, bin auch nach Hause gefahren.«

»Wie spät war es da?«

»So zehn Uhr, würde ich sagen.«

»Was hast du dann gemacht?«

»Ein Bier getrunken, Fernsehen geguckt, bin eingeschlafen.«

»Gibt es Zeugen?«

»Ich lebe alleine. Wäre euch wohl lieber, ich hätte das Mädchen abgeschleppt?«

Kollege Claes mischte sich ein. »Du warst noch mal weg.

Und zwar nach Daun ins Burghotel. Wir haben Kameraaufnahmen.«

Auf denen nichts zu erkennen ist, dachte Tanja.

Nobbi war zusammengezuckt.

»Außerdem wird das Labor nachweisen, dass deine Jacke Faserspuren hinterlassen hat. Du warst in dem Hotel, in dem Zimmer der Engländerin. Was ist dort passiert?« Tanja stand das Bild des blutbesudelten Raums vor Augen. Mehr als ein Dutzend Mal hatte der Täter zugestochen. Sie würden die Wohnung von Nobbi Plück durchsuchen. Falls er so dumm gewesen war, das Messer wieder mitzunehmen, würden sie es finden. Aber wahrscheinlich lag es irgendwo im Wald. Sie brauchten ein Geständnis.

»Woher kanntest du die Frau?« Das war ein Punkt, der sie beschäftigte, seit Claes auf den fehlenden Knopf hingewiesen hatte. Dieser unbedarfte Nobbi und eine Londoner Galeristin, die sich erst seit wenigen Tagen in der Eifel aufhielt. Wo waren sie sich begegnet? Wann war der Hass entstanden, der zu dieser Tat geführt hatte?

»Ich kannte sie nicht.«

»Warum bist du dann nach Daun gefahren und in ihr Zimmer gegangen?«

Er schwieg verbissen.

»Wir werden es nachweisen können. Die Videoaufnahmen, deine Jacke, DNA-Spuren … siehst du nicht im Fernsehen, was heute alles möglich ist?« Claes betrachtete den Verdächtigen mitleidlos.

»Ich war zu Hause, hab einen Film geguckt«, beharrte Nobbi.

»Jonas wird gegen dich vor Gericht aussagen. Schließlich studiert er, hat Großes vor. So einer wie er lässt sich seine Karriere nicht zerstören.«

»Wir halten zusammen, immer.« In Nobbis Stimme klang Zweifel mit.

»Dein Jonas ist jetzt unser Jonas. Du würdest dich wundern, was er alles erzählt hat. Er hat gesungen wie ein Vögelchen«, bluffte Tanja.

»Jonas singt nicht! Er war es doch, der die Idee hatte.«

»Welche Idee?«

Nobbi merkte, dass er sich verplappert hatte. Er verzog den Mund.

»Du hast doch gerade gesehen, dass Jonas gut Freund mit meinem Kollegen ist. Er hat ausgepackt. Jetzt stehst du schlecht da. Ganz schlecht, mein Lieber.« Claes hatte genau den richtigen Tonfall für den Bad Cop, dachte Tanja. Dann würde sie also die Warmherzige spielen.

»Wir hören auch gerne deine Version an.« Sie versuchte, freundlich zu lächeln. »Noch mal: Woher kanntest du die Engländerin?«

»Jonas hat von ihr erzählt. Sie hat Siggi fertiggemacht. Unseren Siggi. Das können wir nicht zulassen!« Er blickte sie verständnisheischend an. Wenn Claes ihm schon nicht glaubte, dann Tanja vielleicht, mochte er denken. »Siggi ist unser Kamerad. Wir halten immer zusammen.«

»So wie Jonas jetzt zu dir hält«, ätzte Peter. »Weißt du, dass er von einem teuren Anwalt aus Bonn vertreten wird? Was glaubst du, wem der die Schuld zuschiebt?«

»Aber es war Jonas' Idee. Ich hab doch nur …«

»Was war seine Idee?«

Nobbi Plück knickte ein. In den folgenden Minuten legte er ein vollumfängliches Geständnis ab. Er war noch einmal losgefahren, hatte sich als Pizzalieferant ausgegeben und war in Victorias Zimmer eingedrungen.

»Ich wollte sie nur einschüchtern, echt jetzt. Aber dann …«

»Was dann? Du hast zum Messer gegriffen und sie kaltblütig abgeschlachtet.« Kollege Claes spielte immer noch die Rolle des Bad Cop.

»Sie hat mich provoziert.«

»Wieso? Was ist passiert?« Tanja legte so viel Wärme in ihre Stimme wie möglich.

»Sie sollte doch nur Siggi in Ruhe lassen. Sie wollte irgendwelche alten Bilder von ihm. Wollte ihm ein Gerichtsverfahren anhängen. Das geht doch nicht. Siggi, in seinem Alter …«

»Das ist doch kein Grund, die Frau abzustechen.«

»Sie hat gesagt … hat gesagt …« Nobbi schluchzte auf.

»Was?«

»Sie hat gesagt, ich sei in Siggi verliebt. Ich sei eine schwule Sau. Das darf die doch nicht zu mir sagen.« Er lief knallrot an, die Ader am Hals pulsierte wieder.

Tanja konnte sich vorstellen, dass die Engländerin drastische Worte benutzt hatte. Sie erinnerte sich an den Auftritt der Galeristin in ihrem Büro. Waren da nicht die Worte »bloody krauts« gefallen? Nur dass sie bei Nobbi Plück mit ihrer Beleidigung den falschen Knopf gedrückt hatte. Der war ausgerastet und hatte zugestochen.

Jetzt presste er hervor: »Siggi kann kein Gerichtsverfahren mehr überstehen. Das bringt ihn um. Und wir brauchen ihn doch.« Ein verklärter Glanz stand in Nobbis Augen, wenn er von seinem Mentor sprach. »Was sollen wir ohne ihn machen?«


## 57

Ella saß in ihrem Mercedes und beobachtete das gepflegte Einfamilienhaus in einer ruhigen Seitenstraße von Hoffeld. Sie hoffte, dass ihr Auto nicht auffiele, schließlich hatte sie ein einheimisches Kennzeichen. Sie stand seit gestern immer mal wieder hier.

Siegfried Schulz-Tondorf lebte unspektakulär. Gestern war er zu einem Supermarkt gefahren, um einzukaufen. Ansonsten hatte er das Haus nicht verlassen.

Während sie auf das gepflegte Häuschen starrte, wo sich noch nicht einmal die Gardinen bewegten, ging sie in Gedanken die Ergebnisse ihrer Recherche durch. Die waren mager, um nicht zu sagen gleich null. Sie hatte den Pflegestützpunkt und die Kirchengemeinde angerufen unter dem Vorwand, sich um ihren gebrechlichen Nachbarn zu sorgen. Doch auch diese Institutionen hatten inzwischen strenge Datenschutzrichtlinien eingeführt und waren nicht bereit, auch nur den Geburtsort von Siegfried Schulz-Tondorf zu nennen. Ella hatte ihnen »Düren« in den Mund gelegt, um bestätigt zu bekommen, dass Siegfried ein Klassenkamerad von John sein konnte. Doch auch auf ihre geschickte Fragetechnik war niemand hereingefallen. Für die Verewigung in Onlineportalen wie StayFriends waren die beiden zu alt, die Klassen aus dem frühen 20. Jahrhundert waren dort nicht verzeichnet. Außer dass Schulz-Tondorf Mitglied der Kreisjägerschaft war, was sie schon gewusst hatte, war im Internet nichts über ihn zu finden. Er hielt Vorträge in der Jugendbildungsstätte Vogelsang, in denen es häufig um das Thema Heimat ging. Doch das allein war kein Beweis für eine rechte Gesinnung oder gar eine Zugehörigkeit zu irgendeiner rechtsradikalen Gruppe. Für die ehemalige Hitlerjugend ließen sich keine Verzeichnisse online finden. Die Jugendorganisation der NSDAP hatte mit ihren über acht Millionen Mitgliedern fast achtundneunzig Prozent der damaligen Jugendlichen umfasst. Ein komplettes Namensregister war nicht erhalten. Eventuell müsste sie nach Berlin fahren, um im Bundesarchiv nachzuforschen. Ab 1944 konnten auch siebzehnjährige Hitlerjungen den Eintritt in die NSDAP beantragen, diese Anträge waren teilweise archiviert.

Da ging die Haustür des Einfamilienhauses auf.

Ella duckte sich hinter das Steuer. Siegfried Schulz-Tondorf hatte sie zwar nur ein Mal gesehen, aber da sie ihm mit einer Anzeige gedroht hatte, dürfte er sich nur allzu gut an ihr Aussehen erinnern.

Der Greis kam aus dem Haus, wandte sich um und schloss sorgfältig ab. Er trug grüne Jagdkleidung, eine Tarnfleckhose und hatte eine längliche Tasche über der Schulter hängen. Ohne groß auf seine Umgebung zu achten, ging er zur Garage und öffnete das Tor.

Ein dunkelgrüner Jeep wurde sichtbar. Schulz-Tondorf setzte sich in das Auto und fuhr los.

Ella ließ ihm ein paar hundert Meter Vorsprung, dann folgte sie ihm. Es war nicht so einfach, nahe genug an dem Wagen dranzubleiben, um zu sehen, wo er abbog, und dennoch nicht bemerkt zu werden. Schon bald wurde ihr klar, dass der Mann den Weg zum Hoffelder Burgkopf einschlug. Sie ließ ihren Mercedes zurückfallen. Schulz-Tondorf steuerte sein Jagdrevier an.

Sie überlegte, ob sie die Beschattung für heute aufgeben sollte. Ihre stille Hoffnung war gewesen, dass Schulz-Tondorf zur Wolfsschanze führe, eine Naziflagge hisste oder sich sonst wie als der ehemalige Hitlerjunge S. outete, der einst Johns Eltern verpfiffen hatte. Ella gestand sich ein, dass ihre Idee unsinnig gewesen war. Dennoch folgte sie dem Geländewagen weiterhin. Sie nahm sich vor, dem Mann noch zwei Stunden zu folgen, dann würde sie nach Hause fahren.

Wie vermutet bog Schulz-Tondorf in den Feldweg ab, der durch den Wald zum Kratersee führte. Ella wusste, dass sie ihm dort nicht unbemerkt hinterherfahren konnte. Sie folgte der Landstraße ein Stück weiter, bis sie eine Möglichkeit fand, am Wegesrand zu parken. Dann ging sie im Laufschritt zurück, um Schulz-Tondorf nicht zu verlieren. Als sie den Waldweg hochgelaufen war, sah sie die grüne Jacke des Jägers zwischen den Bäumen hindurchschimmern.

Sie hielt sich im Schatten des Waldes und beobachtete, wie Siegfried Schulz-Tondorf auf einen Hochsitz zuging.

Sie zögerte. Wollte sie wirklich die nächsten Stunden hier in der Kälte warten, während der Mann dort oben nach Wild Ausschau hielt?

Da bemerkte sie eine Bewegung am gegenüberliegenden Waldrand, auf der anderen Seite des Kratersees.

## 58

Tanja lief forschen Schrittes durch die Gänge des Krankenhauses. Sie wollte John berichten, dass der Mörder seiner Tochter überführt worden war. Vielleicht war es eine kleine Erleichterung für den Mann zu wissen, dass die Gerechtigkeit ihren Lauf nahm.

Sie öffnete die Tür zu Zimmer 311, an das sie die Rezeption verwiesen hatte.

Dort lag ein Mann in einem der Betten und las eine Zeitschrift, das andere Bett war leer.

»Guten Tag, ich möchte zu John Taylor.«

Der Mann schaute von seiner Illustrierten auf. »Der ist nicht mehr hier.«

»Wie, was soll das heißen?« Sie starrte auf das leere Bett mit dem zerknüllten Laken. John Taylor hatte einen Herzinfarkt gehabt, hatte er sich so schnell erholt?

»Ich weiß nicht, ich glaube, er wurde entlassen.«

Tanja drehte sich auf dem Absatz um und ging zu dem Schwesternzimmer, an dem sie eben achtlos vorbeigelaufen war. Dort saß eine Frau mit rosigem Gesicht und füllte ein Formular aus. Tanja stellte sich vor und fragte nach John Taylor.

»Wir haben ihn schon als vermisst gemeldet.« Die Krankenschwester schaffte es, gleichzeitig verlegen und resolut auszusehen.

»Was ist passiert?«

»Er ist einfach verschwunden. Er ist definitiv nicht entlassen worden, dazu war sein Zustand noch zu schlecht.«

»Wie hat er das geschafft? Als ich vor ein paar Tagen hier

war, konnte er kaum seinen Arm heben.« Sie rechnete nach, heute war Dienstag, am vergangenen Mittwoch war sie hier gewesen. Es schien ihr nicht so lange her zu sein. Die Zeit verging wie im Flug, wenn sie in einem komplizierten Fall wie diesem ermittelte.

»Verstehe ich auch nicht. Es ging ihm gestern besser, aber jedenfalls nicht gut genug, um entlassen zu werden.«

»Seit wann ist er verschwunden?«

»Das habe ich doch alles schon der Polizei gemeldet.«

Als ob sie, Tanja, nicht die Polizei wäre. »Dann erzählen Sie es mir eben noch mal.«

»Heute Morgen, als ich zum Blutdruckmessen kam, war er weg. Wir haben alles durchsucht, aber er ist nicht mehr bei uns im Krankenhaus.«

»Um wie viel Uhr war das?«

»Um sechs Uhr fange ich die Runde an, dies ist das dritte Zimmer … Es wird kurz nach sechs gewesen sein.«

Tanja guckte auf ihr Handy. Na toll. John war bereits seit vier Stunden abgängig.

»Und …« Jetzt wirkte die Schwester unsicher.

»Ja?«

»Es fehlen Medikamente. Es scheint, er hat seine Betablocker hiergelassen, aber jede Menge Schmerzmittel mitgenommen, außerdem das Ritalin, das für seinen Bettnachbarn bestimmt war.«

»Was will er mit Ritalin? Ist das nicht ein Mittel zur Beruhigung von diesen ADHS-Kindern?«

»Ja, aber es dient auch dazu, sich besser konzentrieren zu können. Studenten oder Schüler nehmen es ohne Indikation, um besser durch Prüfungen zu kommen. Es wirkt wie ein Aufputschmittel.«

»Das wird ja immer besser.« Tanja überlegte, ob sie das Krankenhaus wegen Verletzung der Aufsichtspflicht belangen sollte. Hier schien das völlige Chaos zu herrschen. Sie war froh, dass sie ihren Vater vorerst doch nicht einem Heim überantwortet hatte. Da waren die Zustände noch schlimmer, wollte man den Medien glauben.

»Haben Sie eine Vermutung, wo John Taylor hin ist? Hat er in den vergangenen Tagen etwas angedeutet? Hatte er etwas vor?«

Die Krankenschwester schüttelte den Kopf. »Da kann ich Ihnen leider nicht weiterhelfen.«

Tanja kehrte unverrichteter Dinge ins Revier zurück. Der Mord an Victoria Taylor war aufgeklärt, für den unbeabsichtigten Schuss auf John Taylor würde sich Siegfried Schulz-Tondorf verantworten müssen.

Zeit für sie, ihre Zelte hier in der Eifel abzubrechen. Sie würde ihre Unterlagen zusammensammeln und nach Koblenz zurückkehren. Den Abschlussbericht konnte sie auch dort verfassen.

Die Suchmeldung nach John Taylor war automatisch mit der Vermisstenmeldung des Krankenhauses rausgegangen. Vielleicht hatte der Alte Heimweh gehabt, dann würden ihn die Streifenkollegen bei seinem Haus einsammeln.

## 59

Ein Schuss fiel.

Ella zuckte zusammen. Sie duckte sich hinter eine mächtige Buche und lugte um den Stamm.

Ein Mann trat am anderen Ufer des Sees aus dem Wald und rief: »Siggi, komm runter. Jetzt bist du dran.«

Das war doch John Taylor! Seine Stimme klang ganz und gar nicht brüchig. Er lief vorsichtig am Kraterrand entlang und näherte sich langsam, aber allmählich.

Von oben aus dem Hochstand ertönte ein irres Lachen. Dann fiel wieder ein Schuss.

John machte einen Hechtsprung und verschwand hinter einem Baum.

Dann knallte es ein weiteres Mal, und Ella hörte, wie eine Kugel in den Hochsitz einschlug. Die beiden Alten feuerten aufeinander, und sie stand mitten im Schussfeld. Entsetzt kauerte sie sich hinter den Stamm. Ihr Herz schlug bis zum Hals. Sie spürte, dass ihre Handflächen nass wurden.

Wieder rief John etwas. »Siggi, diesmal entkommst du mir nicht. Du wirst für alles büßen!«

Die Antwort war ein Schuss von der Jagdkanzel. »Lern erst mal treffen«, höhnte Siegfried in der Stille nach dem Knall.

Das gegenüberliegende Ufer war etwas höher als das hiesige, was das Zielen erschwerte. Siegfrieds Kugel schlug wirkungslos in den Waldboden ein.

Ella beschloss einzugreifen. Die beiden waren völlig durchgedreht. Sie lebten doch nicht im Mittelalter, wo man sich einfach duellierte. Sie schob sich vorsichtig um die Buche herum und schlich zum nächsten dicken Baum, wobei sie sorgfältig darauf achtete, weder in Siegfrieds noch in Johns Schusslinie zu geraten. Sie würde versuchen, sich John zu nähern, so weit es ging. Siegfried vom Hochsitz herunterzulocken, schien aussichtslos.

Sie schaffte es, John bis auf wenige Meter entgegenzukommen, als er sie entdeckte.

»Bleib, wo du bist!«

Sie konnte sein lautes Atmen hören, das alle paar Atemzüge in ein Röcheln überging.

»Siggi, du hast meine Eltern auf dem Gewissen. Und Rosa.«

Siegfrieds Stimme schallte geisterhaft über den See. »Die Judensäue. Das waren nicht die Einzigen. Mindestens ein Dutzend hab ich an der Grenze aufgespürt.« Er lachte wieder wild.

»Hier kommt die Quittung.« John hob sein Gewehr an die Schulter und schoss. Der Rückstoß des Gewehrs ließ John taumeln.

Diesmal hatte seine Kugel offenbar getroffen, denn von oben ertönte ein Schrei, dann war nichts mehr zu hören.

Selbst der Wind schien einen Moment auszusetzen.

Ella nutzte den Moment, rannte auf John zu. Sie strauchelte und stürzte auf den Mann, der entsetzt aufstöhnte. Das Gewehr rutschte ihm aus der Hand und rollte auf den Kraterrand zu. Einen Moment sah es so aus, als würde eine Wurzel die Schusswaffe aufhalten, doch dann rutschte sie über den Rand. Ella hörte, wie sie mehrmals auf die Basaltfelsen aufschlug.

Unter ihr wand sich John. Er keuchte schwer.

Auf einmal lag Ella auf dem Rücken, eine behandschuhte Hand über ihrem Mund.

John war es gelungen, sie beide herumzuwuchten und die Oberhand zu gewinnen. Jetzt kniete er über ihr. »Mädchen, misch dich nicht ein.«

Ella wollte antworten, aber es kam nur ein unartikuliertes Gurgeln heraus, weil John seine Hand unerbittlich auf ihren Mund presste.

Mit der anderen griff er hinter sich. Als sie wieder zum Vorschein kam, hielt er eine Pistole darin.

Ella bäumte sich auf, um John wie ein bockendes Pferd abzuwerfen. Doch der Greis hatte ungeheure Kräfte entwickelt. Er schob seinen Unterarm an ihre Kehle und drückte ihr die Luft ab.

Ella rang verzweifelt nach Atem.


## 60

Ein Knall.

Der Druck auf ihrer Kehle ließ nach. John kippte von ihr runter.

Ella rang nach Atem. Dann setzte sie sich auf. Ihr wurde schwindelig. Sie sank wieder zurück auf den Waldboden. Dann atmete sie tief ein und versuchte es noch einmal. Ihr Gesichtsfeld zog sich rhythmisch zusammen, aber sie schaffte es, sich aufzurichten.

Neben ihr lag John im weichen Moos des Waldbodens. Sein Kopf war weggesprengt. Die Pistole, die er aus dem Hosenbund gezogen hatte, lag neben seiner Hand.

Ella konnte den Anblick der blutigen Masse, wo einst der Kopf gewesen war, nicht ertragen. Sie wandte sich um und würgte.

Dann zwang sie sich noch einmal, bewusst ein- und auszuatmen. Anfangs war es mehr ein Hecheln, dann beruhigten sich ihre Atemzüge.

Ihr erster Impuls war es, nach dem Handy zu greifen. Doch beim Blick auf das Display erinnerte sie sich daran, dass es hier keinen Empfang gab. Sie würde den Waldweg ein Stück hinunterlaufen müssen, um Hilfe holen zu können.

Sie lugte zum Hochstand hoch. Dort oben regte sich nichts.

Auf keinen Fall würde sie die Leiter hochklettern. Nein, das schaffte sie nicht. Keine Ahnung, was für ein Anblick sie dort erwartete.

Schließlich hatte sie sich so weit beruhigt, dass sie sich hochstemmen konnte. Sie taumelte ein wenig, als sie die ersten Schritte ging.

Dann wurde ihr Gang sicherer. Als sie die Einmündung des Waldwegs erreicht hatte, zeigte sich ein erster Balken auf der Anzeige für die Netzabdeckung.

Sie rief die Nummer von Peter Claes auf und drückte auf den grünen Anrufbutton. Als er abnahm, brachte sie zunächst nur ein Krächzen heraus. Seine ruhige Stimme und der leichte Anflug des gemächlichen Eifler Platts in seinen Worten beruhigten sie mehr und mehr, sodass sie mit wenigen Worten um Hilfe bitten konnte.

»Ein Notarzt ist unterwegs. Rühren Sie sich nicht vom Fleck! Ich bin gleich da.«

Ella wurde schwarz vor Augen.

## 61

»Wie im Wilden Westen.« Tanja schüttelte den Kopf. Die Jäger stellten sich im Wald nach und ballerten aufeinander. Nach stundenlanger Arbeit an dem Tatort hatten sie gestern spät Schluss gemacht und waren seit heute früh wieder am Werk. Im Haus von Schulz-Tondorf war eine Kammer eigens für Hitler-Devotionalien eingerichtet gewesen. Kein Wunder, dass das Wohnzimmer nichts von seiner Gesinnung verriet. Dafür hatte er ein eigenes Zimmer voller Flaggen, Wehrmachtsuniformen und Papieren. Nachdem sie sein Haus durchforstet hatten, standen sie jetzt in Taylors Heim.

Eine grau getigerte Katze strich ihr um die Beine und maunzte. Tanja ging zum Kühlschrank und fand eine angebrochene Dose Futter. Sie teilte dem Tier eine Portion zu. »Die bringen wir ins Tierheim, oder hat jemand von euch Bedarf an einem Stubentiger?«

Alle wandten den Blick ab. Offenbar war keiner bereit, ein Haustier aufzunehmen. Tanja überlegte, ob sie es sich leisten könnte. Eigentlich ließ ihr Tagesablauf das nicht zu. Häufig dauerte ihr Dienst bis in die Nacht. Dann fiel ihr der Vater ein. Vielleicht würde ihm die Gesellschaft eines Vierbeiners helfen, mit der Einsamkeit klarzukommen. Sie beschloss, später mit Frank darüber zu beraten.

Während die Kollegen die Küche bearbeiteten, zog sie Peter Claes ins Wohnzimmer. An den Wänden hingen farbenfrohe Bilder von Eifellandschaften.

»Die sind vom Vater, diesem Ben Melzer. Der war Anwalt

und ein recht erfolgreicher Hobbymaler.« Claes deutete auf die Ecke eines Bildes, das mit »BM« signiert war. »John Taylor hieß eigentlich John Melzer, er wurde von Pflegeeltern in England aufgenommen und nahm deren Namen an.«

»Deshalb gab es auch keine behördlichen Unterlagen über einen John Melzer. Ella behauptet, er hätte eine Schwester gehabt?«

»Unsere Anfrage in England läuft noch, aber bisher ist nichts über sie bekannt. Eine Rosa Melzer ist in den Einwanderungslisten nicht vermerkt.«

Tanja musterte die Bücherregale. Romane, viel Fachliteratur für Jäger. Gegenüber vom Sofa stand der Fernseher, die Einrichtung war weder besonders teuer noch schäbig. Sie trat an einen Schreibtisch unter einem der Fenster, zog die Schublade auf und pfiff durch die Zähne. Dort lag ein dicker Aktenordner, beschriftet mit »Siegfried S-T«. Sie nahm den Ordner heraus und öffnete ihn.

»Schau mal, er hat den regelrecht ausspioniert.« Sie blätterte durch Kopien einer Einwohnermeldebestätigung, Notizen über den Tagesablauf von Schulz-Tondorf, das Abschlusszeugnis eines Gymnasiums in Düren, sogar eine Karteikarte aus einem Berliner Archiv mit dem Mitgliedsausweis »Schulz-Tondorf« der Hitlerjugend fand sich.

»John muss ihm seit Jahren auf der Spur gewesen sein.«

»Nachdem Johns Frau gestorben war und Victoria mit dem Studium begann, verließ er London und zog hier in die tiefste Eifel. Ich glaube, ich weiß, warum.«

»Er brannte darauf, die alte Rechnung mit Schulz-Tondorf zu begleichen.«

Tanja blätterte weiter. Sie fand die Kopie eines Arztberichts der Universitätsklinik Köln über die Entfernung einer gutartigen Hautveränderung im Gesicht von Schulz-Tondorf. »Der muss besessen gewesen sein. Um an solche Berichte zu kommen, hat er sicherlich eine Arzthelferin bestochen.«

»Was haben deine Ermittlungen bei den Jägern heute Morgen ergeben?«

»John Taylor ist vor einigen Jahren hergezogen und der Kreisjägerschaft beigetreten. Er freundete sich mit einigen von ihnen an, vor allem mit Schulz-Tondorf. Dieser lud Taylor zu der jährlichen Treibjagd ein, das ist üblich, da kommen viele Jäger zusammen. Dann gehen die Aussagen auseinander, doch es scheint, dass Taylor nach dem Ende der Treibjagd noch blieb, während die anderen nach Hause gingen.«

»Zählen wir mal eins und eins zusammen: Taylor hat auf Schulz-Tondorf geschossen, doch seine Kugel traf einen Baum. Schulz-Tondorf schoss zurück und verletzte John. Dann tauchte überraschend Ella Dorn auf.«

Tanja überlegte. »Damit hat sie Taylor das Leben gerettet. Er wäre sonst verblutet. Kaum war er einigermaßen wieder auf den Beinen, fiel ihm nichts Besseres ein, als sein Werk zu vollenden und Schulz-Tondorf zu richten.«

»Schau mal hier.« Peter Claes hatte weitere Papiere aus dem Schreibtisch genommen. Er zeigte ihr einen Artikel aus einer Fachzeitschrift für Judaistik.

Sie überflog den Text. Ein Rabbiner hatte eine Auslegung des Talmud-Spruchs »Auge gegen Auge« verfasst. Er erläuterte, dass das Zitat keineswegs wörtlich zu nehmen sei. Es besagte lediglich, dass für ein Unrecht eine angemessene Entschädigung zu bieten sei.

Handschriftlich stand in großen Lettern »*Bullshit*« quer über dem Blatt.


## 62

»Danke, dass du meiner Tochter geholfen hast.«

Heavy trug wie immer seine mit Aufnähern übersäte Kutte.

Er hatte Peter an der Tankstelle treffen wollen. Wahrscheinlich wollte er mit einem »Cop« nicht in einer Gaststätte oder einem anderen öffentlichen Ort gesehen werden. Peter war es egal, was der Rocker von ihm hielt, solange er sich nicht zwischen ihn und Gertrud stellte. »Keine Ursache. Das ist mein Job.«

Heavy öffnete den Tankdeckel seiner schweren Maschine, löste den Zapfhahn aus der Halterung und führte ihn vorsichtig in den Tank.

Das Benzin pumpte durch den Schlauch.

Peter beobachtete gedankenverloren, wie die Ziffern der Anzeigetafel rotierten. »Und zwar nur mein Job. Nicht eurer. Ihr hättet den Übergriff bei uns auf der Wache melden sollen.« Nicht nur hätten etwaige Verletzungen Katharinas dokumentiert werden können, auch wäre der Mord an Victoria früher aufgeklärt worden.

»Wir regeln unsere Angelegenheiten selbst«, knurrte Heavy. Sein Tank war voll, er hob den Zapfhahn sorgfältig heraus, hielt seine Hand schützend hin, damit kein Tropfen auf den Lack fiel, hängte die Pistole ein und wandte sich in Richtung Kassenhäuschen.

»Wenn das jeder tun würde, herrschte Faustrecht.« Peter ärgerte sich über die Anmaßung, mit der Heavy und seine Freunde sich ihren Alleingang herausgenommen hatten. Allerdings: Nobbi hätte allenfalls ein paar Monate Haft für die sexuelle Belästigung Katharinas bekommen – rechtlich gesehen handelte es sich um eine solche, da eine Vergewaltigung glücklicherweise nicht vollzogen worden war. Wenn der Mord an Victoria nicht hinzugekommen wäre, hätte der Richter ihn als Ersttäter vielleicht sogar mit Bewährung davonkommen lassen. Die Rocker hingegen hatten nicht lange gefackelt und Nobbi ihre Rechnung handfest präsentiert.

»Wäre doch gut.« Heavy grinste ihn an. »Unsere Frauen wären sicherer.«

»Schon mal dran gedacht, dass es auch den Falschen hätte treffen könnte? Wollt ihr die Lynchjustiz einführen?«

Heavy zuckte mit den Schultern und wandte sich um, ging zum Tankstellenkiosk.

Peter schob sein Bike an eine gerade frei gewordene Tanksäule und füllte ebenfalls Benzin nach.

Als Heavy vom Bezahlen zurückkam, war Peter gerade fertig geworden. Er drehte den Tankdeckel zu und schloss ab. »Übrigens, das Verfahren wegen der tätlichen Auseinandersetzung in Adenau ist eingestellt.«

Heavy schaute ihn erstaunt an.

»Es ließ sich nicht ermitteln, wer von den vielen Beteiligten für den Schaden an dem Auto verantwortlich war.«

»Tja«, meinte der Biker gedehnt. »Bei so einem Durcheinander ist das sicher schwierig. Schwamm drüber.« Er hielt Peter die Hand hin, den Ellbogen angewinkelt, die Finger nach oben.

Er bot ihm den Rockergruß an, verstand Peter. Da war aber jemand mächtig beeindruckt. Peter schlug ein.

»Pass mir gut auf mein Schwesterherz auf. Wir sehen uns.« Heavy wartete keine Antwort ab, schwang sein Bein über das Motorrad und glitt in den Sitz. Der mächtige Motor bollerte los, dann glitt die Maschine mit dem Rocker davon.

## 63

Ella rieb sich die Augen. Träumte sie? Aber ihre Hände waren eiskalt und klamm. Sie lag also nicht in einem Federbett.

Die Sonne war noch nicht aufgegangen, nur ein heller Schimmer am Horizont kündete vom nahenden Tag. Einige vom Herbst übrig gebliebene Spinnennetze glänzten in dem spärlichen Licht.

Nebelschwaden hingen über der Wiese am Waldrand. Und dort stand er, »ihr« Wolf. Frei und einsam unter den

Bäumen, die langen Läufe in den Boden gestemmt, blickte er zu ihr.

Sie spürte eine fast physische Verbindung zu ihm, seine Energie strömte auf sie ein. Dann war der magische Moment vorbei.

Der Wolf hob den Kopf, nahm Witterung auf und warf sich auf den Hinterbeinen herum. Er verschwand im Wald, spurlos, als hätte er nie existiert.

»Wow, was war das denn?«, flüsterte Nadine neben ihr.

»Hast du es auch gespürt?«, antwortete Ella ebenso leise.

»Er hat sich bei uns bedankt.«

»So fühlte es sich an.«

»Ich hab ja schon viel erlebt mit meinen Tieren, aber das … wow.«

Ella fühlte sich beschwingt. Die Erinnerung an die schrecklichen Ereignisse der letzten Tage fiel von ihr ab. Der Wolf war und würde ihr Krafttier bleiben, mit diesem letzten Blick hatte der Wolf das Band zwischen ihnen bestätigt. Auch Nadine hatte bemerkt, dass etwas Besonderes vor sich gegangen war. Als Falknerin hatte sie ein gutes Einfühlungsvermögen in die Tiere.

Die beiden Frauen verschlossen den Transporter, mit dem sie den Wolf hergebracht hatten. Ella nahm den Beifahrersitz, Nadine setzte sich ans Steuer und manövrierte den Wagen über den schlammigen Feldweg genauso sicher zurück, wie sie gekommen war.

Am Horizont hatte sich der helle Streifen verbreitert, doch die Sonne blieb hinter dicken Wolken verborgen. Schweigend genossen sie die Fahrt durch die frühmorgendliche Eifellandschaft.

Erst als sie bei Ella ankamen, sagte diese: »Danke noch mal für deine Hilfe. Ohne die Kasselburg wäre der Wolf wohl verendet.«

»Keine Ursache, dafür sind wir da. Weiß man inzwischen, wer auf ihn geschossen hat?«

»Ja, ein Jäger hat ihn mit einem Hund verwechselt.« Siegfried Schulz-Tondorf hatte sich tatsächlich wegen Wilderei bei der Polizei angezeigt, wie Peter Claes ihr bestätigt hatte. Als ob das jetzt noch eine Bedeutung hätte. Sie wollte der Falknerei nicht erklären, was geschehen war. Erst musste sie die Erlebnisse selbst verdauen.

»Die Grünröcke sollten einen jährlichen Sehtest machen müssen.« Nadine verdrehte die Augen. »Wir sehen uns dann heute Abend. Ich mache einen Nudelsalat, ganz klassisch. Was bringst du mit?«

Ella hatte verdrängt, dass Herrmann sie zu einer Party eingeladen hatte. Er feierte seinen Geburtstag, verriet jedoch nicht, welchen. Sie hatte keine große Lust, sich mit anderen Leuten zu treffen, konnte ihrem Freund Herrmann aber nicht absagen. »Ich habe ein Rezept für ein typisches Eifler Gericht bekommen, das will ich ausprobieren.«

»Da bin ich aber gespannt.« Nadine schmunzelte. Dann winkte sie Ella zu und schlingerte durch die Pfützen auf dem Feldweg in Richtung Straße.

## 64

Ella balancierte mit dem Blech voller Döppekooche in der einen Hand und einem Korb mit selbst eingemachtem Apfelmus Herrmanns Auffahrt hoch. Sie hatte mühsam Kartoffeln mit der Hand gerieben, dann mit Eiern, Zwiebeln und Speck im Ofen gebacken. Das Rezept hatte Reittrainerin Marnie, bei der sie eine Weile Stunden genommen hatte, ihr verraten. Das Eifler Gericht schien ihr angemessen, um Herrmanns Geburtstag zu feiern.

Als sie zur Tür kam, stand dort ein Mann in ihrem Alter, den sie noch nie gesehen hatte. Er war hager, braun gebrannt und sein braunes Haar von hellen Strähnen durchzogen. Er grinste sie an, nahm ihr das große Blech ab und schnupperte theatralisch. »Das riecht aber mal gut!«

Sie nickte ihm zu und war froh, nicht reden zu müssen, denn schon hatte er sich umgedreht und steuerte die Küche an.

Das Wohnzimmer war voller Leute, die sich angeregt unterhielten. Ella begrüßte herzlich ihren Mentor Drei Adler aus Üxheim und Nadine. Auch Marnie war gekommen mit ihrem Mann Uwe und dem kleinen Tobias, der eine Tüte Gummibärchen umklammerte und mit vollen Backen kaute. Einige Männer in Herrmanns Alter schienen sich vom Imkerverein zu kennen. Ella schnappte auf, dass sie über Königinnen redeten, und es hörte sich nicht an, als wäre der neueste Klatsch aus royalen Häusern gemeint.

Als Herrmann Ella entdeckte, drängelte er sich zu ihr durch und schloss sie herzlich in die Arme. Dann nahm er sie an den Schultern und hielt sie auf Armeslänge Abstand von sich. »Wie geht es dir? Hast du alles gut überstanden?«

Ella hatte Alpträume, in denen sie nicht verhindern konnte, dass John schoss, aber sie nickte. »Es geht mir gut.« Sie merkte selbst, wie halbherzig das klang. Mit festerer Stimme setzte sie hinzu: »Und der Wolf ist wieder frei, das ist doch auch wichtig.« Ihr Krafttier durchstreifte die Wälder. Hoffentlich fand er eine Gefährtin. Sie erinnerte sich daran, dass sie beim Ortsbesuch am Hoffelder Kratersee ein weiteres Tier wahrgenommen zu haben glaubte.

Während sie sich unterhielten, strömten weitere Besucher ins Zimmer. Herrmann schien Gott und die Welt zu kennen. Auf einmal erkannte Ella zwei bekannte Gesichter. Hauptkommissarin Tanja Marx und ihr Kollege Peter Claes. Peter stand zwischen einer füllligen Frau mit freundlichem Gesicht und einem riesigen Mann mit breiten Schultern, der eine Lederweste mit zahlreichen Aufnähern trug. Jetzt trat er an Ella heran.

»Übrigens, Sie brauchen keine Angst mehr zu haben, Tierkadaver vor der Tür zu finden.«

Sie merkte auf. Woher wusste er von dem Fuchskopf?

»Der Täter hat gestanden, und die Sache wird sich nicht wiederholen.«

Ihr entfuhr ein Seufzer. Sie hatte es versucht zu verdrängen, war aber jeden Morgen beim Weg zum Briefkasten unsicher gewesen. »War es einer der Jäger?«

»Nein, es hatte nichts mit der Jagd zu tun.« Claes erklärte, dass einer seiner jungen Gefolgsleute Siegfried Schulz-Tondorf schützen wollte. »Sie sind dem Mann zu nahe gekommen.«

»Diese Art Kameradschaft gebiert nur Böses.«

»Und wenn es Sie interessiert: Wir haben herausgefunden, was mit Johns Schwester Rosa passiert ist.«

»Was denn?«

»Sie muss mit John bei Roetgen über die grüne Grenze nach Belgien gelangt sein, aber dort erkrankte sie an Tuberkulose und erlag einer Lungenentzündung. Wir haben die Todesurkunde aus Eupen erhalten.«

In dem Moment näherte sich ihnen der Mann, der Ella das Blech mit dem Kuchen abgenommen hatte. Herrmann wandte sich ihm zu: »Darf ich vorstellen, mein Sohn Ulf.« Der Imker strahlte über das ganze Gesicht. »Er hat endlich seinen Forschungsaufenthalt in Australien beendet und ist wieder hier. Die Eifel ist viel spannender als Down Under.« Er zwinkerte Ella zu.

»Forschungen? Was haben Sie denn geforscht?« Ella versuchte, Small Talk zu machen.

Ulf lächelte, und Lachfalten erschienen neben seinen Augen. Kein Wunder, dass er mitten im Winter braun gebrannt war, wenn er gerade erst aus Australien kam, wo jetzt Sommer herrschte.

»Ich bin Lepidopterologe, wie Vater schon sagte, und habe mich für einen Postdoc mit den australischen Auswandererfaltern befasst. *Catopsilia pomona* fliegt in großen Schwärmen über den Kontinent, und ich habe die Wanderrouten kartiert. Aber das willst du bestimmt nicht in allen Einzelheiten hören, ich darf doch Du sagen?«

Ella war sofort fasziniert und ermunterte Ulf, ihr mehr von den Schmetterlingen zu erzählen. Sie trug Wissen über Falter bei, die auf ganz bestimmte Pflanzen angewiesen waren, die selbst in der Eifel immer seltener wurden.

Sie fragte: »Und warum bist du wieder zurückgekommen?«

»Die Forschungsgelder liefen aus. Wir Wissenschaftler leben immer von einem Projekt zum anderen. Und dann: Vater geht es ja nicht so gut, da ist es besser, wenn ich in der Nähe bin.«

»Wieso? Herrmann ist doch ganz fit!« In letzter Zeit hatte der Imker öfter geklagt, dass ihm die Arbeit mit den Bienen immer schwerer falle, auch wirkte er ein wenig grau, aber ansonsten konnte sie keine Anzeichen einer Krankheit bei ihm entdecken. Eine eisige Hand krampfte sich um ihr Herz. Herrmann war ihr bester Freund, dem durfte nichts passieren.

»Ach, das wird schon.« Ulf lenkte ab und erzählte einige Abenteuer, die er im Outback erlebt hatte. Dann sagte er unvermittelt: »Mir wird das hier zu viel. Ich war monatelang alleine im Busch unterwegs, so viele Menschen auf einmal bin ich nicht gewohnt.«

Er sprach ihr aus dem Herzen. »Das kann ich gut verstehen.«

»Lass uns rausgehen.«

Ulf nahm wie selbstverständlich Ellas Hand und zog sie durch den Flur in den Garten. Sie gingen hinten zu den Bienenstöcken.

Der Mond war gerade aufgegangen und schwebte wie eine riesige Scheibe über dem Wald.

Ella spürte, wie Ulfs harte, warme Hand die ihre umfasste. Sie wünschte, er würde nie wieder loslassen.

# Danksagung

Ein Bericht über die Kinderemigration nach England, die auch über den Bahnhof in Roetgen verlief, regte mich zu diesem Buch an. Dabei habe ich von vielen Menschen Hinweise oder Erklärungen bekommen. Jochen Little Joe erzählte mir vom Tipidorf auf dem Beuerhof in Üxheim. Dort betreibt Dieter »3Eagle« Scholz ein Seminarzentrum und gab mir einen Einblick in seine Erfahrungen mit der Visionssuche.

Wölfe wandern zunehmend in die Eifel ein, sind aber in der Wildbahn schwer zu beobachten, umso leichter jedoch im Adler- und Wolfspark Kasselburg. Dort erklärte mir Denise einiges zu ihrem Verhalten.

Meinem Bruder und Dr. Simone Wernet von der Skript-Akademie danke ich für Anregungen zum Exposé.

Der Autorenkollegin und Mörderischen Schwester Petra Spielberg verdanke ich Erläuterungen zu Jagdwaffen und ihrem Kaliber.

Volker Wichitill gab wichtige Tipps zur realistischen Darstellung der Ermittlungstätigkeit.

Die Pressestelle der Polizeidirektion Mayen gab mir bereitwillig Auskünfte über die Ahndung von Wilderei.

Ralf Schmidt, Vorsitzender der Kreisgruppe Ahrweiler des Landesjagdverbands Rheinland-Pfalz e.V., erklärte mir in einem längeren Telefonat das Verhältnis der Jäger zum Wolf.

Das Rezept der Eifler Spezialität Döppekooche sandte mir Michaela Kirchner-Schommer.

Die Leserinnen meines Newsletters halfen mir bei der Suche nach passenden Namen für einige Figuren in diesem Roman, so stammt von Gaby Höfig aus Dortmund der Namensvorschlag »Nicola Treiber« für eine Schäferin.

Für dieses Buch habe ich Realität und Fiktion vermischt und möchte daher klarstellen, dass meines Wissens keine

Restitutionsansprüche gegenüber dem Blankenheimer Heimatmuseum vorliegen. Das Museum zeigt Gemälde einiger Eifelmaler, wer mehr entdecken will, greife zu dem »Künstlerlexikon, Maler der Eifel – 2500 Maler vor dem Vergessen gerettet und neu entdeckt« von Dieter Schröder.

Detaillierte Informationen über NS-Verbrechen im Eifler Raum enthält das Buch »Judenverfolgung und Fluchthilfe im deutsch-belgischen Grenzgebiet« von H.-Dieter Arentz, das ich zurate zog, um einen fiktiven Lebenslauf von Johannes Melzers Familie zu ersinnen.

Ich bedanke mich bei allen, die mich beim Verfassen dieses Krimis unterstützt haben, insbesondere dem Emons Verlag und meiner Lektorin Christiane Geldmacher. Ein Arbeitsstipendium 2021 der Hessischen Kulturstiftung beschleunigte die Entstehung des Manuskripts, auch dafür herzlichen Dank.

Katja Kleiber
**DIE EIFELHEXE**
Broschur, 224 Seiten
ISBN 978-3-7408-0271-4

Nach einem Burn-out zieht sich Unternehmensberaterin Ella
Dorn in die Eifel zurück und sucht Ruhe in der Meditation. Doch
die findet ein jähes Ende, als ein Politiker aus Adenau vergiftet
wird: Plötzlich steht Ella unter Verdacht, denn an seinem letzten
Lebensabend hat sie einen heiklen Auftrag für das Opfer aus-
geführt. Einen Auftrag, über den sie auf keinen Fall sprechen will,
weil er ihr den Ruf einer Hexe einbringen könnte …

*»Kurzweiliger Krimispaß von einer Autorin, die der Eifel einen
liebevoll-kritischen Blick von außen zuwirft.«* Trierischer Volksfreund

www.emons-verlag.de

Katja Kleiber
**STURM ÜBER DER EIFEL**
Broschur, 224 Seiten
ISBN 978-3-7408-0916-4

Am Goloring, einem keltischen Heiligtum in der Eifel, wird ein
Mann erstochen aufgefunden. Er trägt Fellkleidung und ist bar-
fuß. Handelt es sich um einen Ritualmord? Erste Ermittlungen
zeigen, dass der Tote als Schamane tätig war. Ella Dorn, selbst
als »Eifelhexe« verschrien, kannte den Mann und hatte in ihm
eine verwandte Seele gefunden. Erschüttert beginnt sie, seine
Vergangenheit zu erforschen. Doch je näher sie seinem Geheim-
nis kommt, desto mehr bringt sie sich selbst in Gefahr.

www.emons-verlag.de